クールな女神様と一緒に住んだら、
甘やかしすぎて
について3

軽井　広

HJ文庫
1069

口絵・本文イラスト　黒兎ゆう

CONTENTS

Karui Hiroshi
Presents
Illust. by Kuroto yuu

第一話　女神様が堕落する？　——chapter.1

遠見《とおみ》琴音《ことね》の誘拐《ゆうかい》事件が解決して、俺《おれ》は遠見家の当主に琴音の婚約者《こんやくしゃ》に指名された。相変わらず、俺は遠見家の離《はな》れに住んでいる。

住人は俺だけじゃない。アパートでも同居していた「女神様《めがみ》」の玲衣《れい》さん、幼馴染《おさななじみ》の夏帆《かほ》、そして従姉《いとこ》の雨音《あまね》姉さん、と美少女・美女と一つ屋根の下で暮らしている。男だったら憧《あこが》れのシチュエーション……なのだろうか。

しかも、玲衣さんは俺のことを好きだと言ってくれて、親の形見の結婚《けっこん》指輪まで渡《わた》してくれた。一方、血縁疑惑《けつえんぎわく》の問題がなければ、俺と夏帆は両思いだったはずで、姉弟《してい》かもしれないという疑惑《ぎわく》が晴れた今、夏帆も玲衣さんに対抗心《たいこうしん》をむき出しにしている。

そこに、俺との婚約《こんやく》に積極的な琴音も加わり、状況《じょうきょう》は混沌《こんとん》していた。今朝だって、俺は、玲衣さん、夏帆、琴音の三人と一緒《いっしょ》に登校したし……。

それでも学校は通常通りだ。放課後になって、俺は玲衣さんと一緒に屋敷《やしき》へと帰ろうとしていた。

琴音は中学なので、当然一緒に帰るわけはない。夏帆は久しぶりに家に顔を見せに帰るとかで別行動。秋穂《あきほ》さんが心配しているだろうから、当然といえば当然だ。

夏帆は何度も玲衣さんに「晴人《はると》とイチャついたら、ダメなんだからね！」と念押《ねんお》ししていた。

でも。

俺と玲衣さんが一緒に帰ってイチャつかないかといえば……。当然、イチャつくに決まってる。

「やっと二人きりだね、晴人くん！」

電車のなかで、玲衣さんは満面の笑《え》みだった。俺と玲衣さんはJRの古い車両にいて、ロングシートに二人並んでいる。

他に乗客はほとんどいない。窓の外には田園風景が広がっている。

玲衣さんは俺と二人きりだから、ものすごく上機嫌《じょうきげん》で、口笛を吹《ふ》きそうなぐらいだった。

そんなに喜んでもらえるのは、俺としても嬉《うれ》しい。

屋敷に引っ越してから、玲衣さんと二人きりの機会は少なかった。

玲衣さん、夏帆、琴音、雨音姉さんがお互《たが》いを監視《かんし》しているからだ。

結果として、玲衣さんがこっそり夜中に俺に会いに来るぐらいはあっても、堂々と二人で会うのは久しぶりになった。ちなみに、危険にさらされている遠見家の関係者だから、玲衣さんには遠見家の護衛がついているはずだ。

ただ、少なくとも、見える位置にはいない。遠くから俺たちを見守っているのだろう。おかげで、気を使わずに済む。

玲衣さんがくすりと笑った。

「わたしたち、制服デートしてるんだよね？」

「そ、そうかな」

単に一緒に帰っているだけな気もする。実際、玲衣さんもそれだけでは不満なようだった。

「ね、どこかに寄って帰りたいな」

玲衣さんが甘《あま》えるように俺にしなだれかかる。俺はためらいがちに、玲衣さんの肩《かた》を抱《だ》く。

こうして見ると、イチャイチャしているカップルにしか見えないだろうな、と思う。

とはいえ、寄って帰るようなところって、あまり都会でもないこの街では多くない。

途中《とちゅう》の駅で、女子生徒たちが乗り込《こ》んでくる。セーラー服の制服を着ているけれど、幼い雰囲気《ふんいき》で、中学一年生ぐらいに見えた。

俺たちを見て、女の子たちはちょっと顔を赤くして、くすくすっと笑った。俺は恥《は》ずかしくなったけど、玲衣さんはますます俺にひっついた。

「玲衣さん……ちょっと恥ずかしいような……」

「わたしは全然恥ずかしくないし、晴人くんのこと、大好きだもの」

玲衣さんはそう言いつつも、顔を真っ赤にしていた。

女の子たちは、「美男美女カップルだ」「羨《うらや》ましい」「わたしも彼氏《かれし》欲しい」「リア充《じゅう》死ね」なんて言ってる。

最後に不穏《ふおん》な言葉が混じっていたような気もするけれど、俺たちは仲睦《むつ》まじい恋人《こいびと》同士に見えるらしい。

玲衣さんは美少女だけれど、俺は「美男」とは言えないと思う。俺は女の子たちの視線と、玲衣さんの身体の温かさを感じて、くすぐったい思いをした。

そんな玲衣さんの視線が、女の子の一人のカバンに注がれていた。そのカバンにはマスコットキャラクターらしきキーホルダーがついている。

確か、「くまにゃん」という名前のゆるキャラで、ネコとクマを足して二で割ったような見た目をしている。

眠《ねむ》そうな目が可愛《かわい》いとかで、最近大人気だった。

「玲衣さん？　もしかして、くまにゃんが好き……とか？」

「く、くまにゃんのグッズが欲《ほ》しいとか、ぜ、全然そんなことないもの」

玲衣さんは恥ずかしがって否定してしまう。

でも、欲しいんだろうな、と俺は思った。

「あ、そうだ。帰りにゲームセンターでも寄ってこうか？　ＵＦＯキャッチャーの景品に、くまにゃんのぬいぐるみとか、確かあった気がするし」

「えっ、そうなの？」

玲衣さんがぱっと顔を輝《かがや》かせる。

俺がくすっと笑うと、玲衣さんは「しまった」という顔をした。

「ほ、欲しいなんて言ってないからね？」

「本当に欲しくない？」

「ちょ、ちょっとは欲しいかも。でも、キャラグッズが好きなんて、子供っぽいかなって思ったの。大人な女性じゃないと、晴人くんに好きになってもらえないし」

なんて、玲衣さんが頬《ほお》を赤く染めて言う。俺も気恥《きは》ずかしくなる。

それにしても、玲衣さんはどうして大人な女性じゃないといけない、なんて考えたのか。

「だって晴人くん、雨音さんにデレデレしてたもの」

「で、デレデレなんてしていないよ」

「嘘《うそ》つき」

「俺は玲衣さんの子供っぽいところも好きだけどな」

「わ、わたしはこ、子供っぽくないもの！　でも、わたしを好きって言ってくれて嬉しいな」

玲衣さんは小さな声で俺の耳元でささやく。そして、玲衣さんが甘えるように俺の胸板《むないた》を撫《な》でた。

ふわりと甘い香《かお》りがする。

女の子たちが興味津々《きょうみしんしん》な様子で「バカップルだ……」なんてささやいてる。

でも、俺はそれどころじゃなくて、甘える玲衣さんにドキドキさせられっぱなしだった。

俺も玲衣さんを喜ばせてあげられるといいのだけれど。

そんなことを考えているうちに、降りる駅について、俺たちはゲーセンに行くことにした。

これはきっと制服デート、なのだろう。

☆

ということで、俺と玲衣さんは駅前のゲーセンに入った。

駅の規模に対してはわりと大きめかもしれない。商業施設《しせつ》の地下一階に入っていて、レースゲームとか太鼓《たいこ》を叩《たた》くゲームとか、けっこうな数のゲームが揃《そろ》っている。

平日の夕方だけど、それなりに学生の姿もあった。

玲衣さんはきらきらと青い目を輝かせている。

「すごい……！」

玲衣さんがとても素晴《すば》らしいものを見るように、他の人がプレイしているゲーセンのレーシングゲームの機械を背後から眺《なが》めていた。

俺はそんなに良いものだろうか……とちょっと不思議に思う。

俺の視線に気づいたのか、玲衣さんははにかんだような笑みを浮《う》かべる。

「家が厳しくて、こういうところに来る機会もなかったから……」

「ああ、なるほど。それもそうだよね」

考えてみれば、玲衣さんも遠見家という大金持ちのお嬢様《じょうさま》なのだ。

たとえ複雑な事情を抱《かか》えていても、そこは変わらない。ゲーセンなんて下々の（？）遊ぶ場所に来る機会はなかっただろう。

遠縁《とおえん》の親戚《しんせき》とはいえ、THE・庶民《しよみん》の俺とは違《ちが》う。

俺と玲衣さんは隣合《となりあ》わせで、レーシングゲームの機械に座《すわ》った。ハンドル付きの運転席を再現したようなタイプのゲームだ。

俺はけっこう中学時代にはまっていたので（だから成績が悪かった）、得意な方でもある。

一方の玲衣さんは、ほとんどゲームをしたことがないらしく、俺は操作方法を細かく教えた。それでも、玲衣さんは不得意みたいで、プレイ中に、車を壁《かべ》に激突《げきとつ》させてしまう……。

完璧超人《かんぺきちようじん》の玲衣さんでも、苦手なことがあるんだな、と思う。

でも、玲衣さんはけっこう楽しそうにしていた。やったことのないことを初めてやるのが楽しいのだろう。

「初めてが晴人くんで良かった」

なんて、玲衣さんが言う。初めてゲーセンでゲームをする相手が俺、ということだろうけれど、心臓に悪い言葉だ。

とはいえ、俺と一緒にいるのが楽しいなら、それは光栄なことでもある。

玲衣さんが慣れない手付きでハンドルを触《さわ》るのを見て、俺は使い方を教えようと玲衣さんの席のハンドルに触《ふ》れる。

ほぼ同時に玲衣さんが手を動かし、俺と玲衣さんの手が重なり合った。

「あっ……」

玲衣さんが顔を赤くして、俺を見つめる。そして、俺の手をそっと握《にぎ》った。その手の柔《やわ》らかさとひんやりとした感触《かんしょく》に俺はドキッとする。

そのあいだに、玲衣さんの車は壁に激突して、ゲームオーバーになってしまったけど……。

玲衣さんは「ご、ごめんなさい」と慌《あわ》てた様子で謝《あやま》った。

「謝ることはないけどさ。そろそろ手を放してくれない？」

「それはダメ」

玲衣さんは俺を見て、ふふっと笑う。玲衣さんが俺の手を撫でるように触っていて、とてもくすぐったい。

「晴人くん……楽しいね、ゲーセン！」

「な、なんか本来の楽しみ方と違う気がする……」

「そう？　わたしは、晴人くんとデートするのが目的なんだけどな」

「よ、喜んでくれて嬉しいけどさ。なんだか真面目《まじめ》な女神様を、堕落《だらく》させているみたいで気が引けるな」

俺は照れ隠《かく》しに、そんなことを言う。まあ、ゲーセンぐらいで堕落とは思わないけど、玲衣さんが完璧超人の優等生で、これまでとても真面目だったのは確かだ。

「晴人くんに近づけるなら、わたしはいくらでも堕落するよ？」

玲衣さんのささやきに、俺は驚《おどろ》いた。

そういえば、「女神様」って呼ばれ方、以前は嫌《いや》がっていたけど、今の玲衣さんはちょっと嬉しそうにしている。

「晴人くんには『女神様』って呼ぶことを許してあげる。特別、なんだからね？」

いたずらっぽく玲衣さんは片目をつぶってみせた。

その表情は本当に可愛くて……たしかに、女神だな、と思う。

ただ、クールな女神様だったけれど、今は可憐《かれん》で優《やさ》しい女神様だ。

「でもね、神様はわたしじゃなくて、晴人くん、かな」

「へ？」

「だって、晴人くんがいるから、わたしは幸せなんだもの」

そんなふうに玲衣さんは言い、ちょっと顔を赤くした。

「お、俺は神様なんかじゃないよ」

「晴人くんは、わたしの神様だよ。神様、仏様、晴人様！　ね？」

玲衣さんがからかうように言うが、その頬は赤かった。

「か、からかわないでよ……」

「冗談《じょうだん》で言ってないよ？　晴人くんはわたしの神様。わたしに居場所をくれた大事な人。晴人くんがわたしを幸せにしてくれて、わたしを守ってくれるんだもの」

「でも、俺は……」

玲衣さんは俺を好きでいてくれる。俺を信頼《しんらい》してくれている。でも、俺はまだ玲衣さんと付き合うと決められていない。

俺は玲衣さんに神様なんて呼ばれる資格はない。もし、俺が玲衣さんでなくて、夏帆を選んだら——。

玲衣さんは俺の手を握ったまま、ふわりと笑った。

「いいの。わたしが晴人くんを勝手に好きになっただけだもの。それでも晴人くんはわたしの神様なの」

「俺はさ、玲衣さんを失望させるかもしれない。悲しませるかもしれない。それでも？」

「もちろん。だって、今のわたしは幸せだから。先のことよりも、この瞬間《しゅんかん》の方がずっと大事」

ね、と玲衣さんが上目遣《うわめづか》いに俺を見て、微笑《ほほえ》んだ。

俺も自分の頬が熱くなるのを感じる。

ここまで俺のことを好きと言ってくれる少女がいるなんて……幸せなことだと思う。

「俺も、玲衣さんと一緒にいると楽しいよ」

そう言うと、玲衣さんがぱっと顔を輝かせる。

「ありがとう。晴人くんがそう言ってくれて嬉しい！」

「えっと……くまにゃんのぬいぐるみも必ず、取ってみせるよ」

「約束してくれたものね？」

俺と玲衣さんはレーシングゲームの機械から立ち上がると、一緒にUFOキャッチャーの前に行った。

巨大《きょだい》なくまにゃんのぬいぐるみ……の入った箱が真ん中に鎮座《ちんざ》している。

玲衣さんが不安そうに俺をちらりと見る。

「こういうのって難しいの？」

「そうでもないけど……試《ため》しに玲衣さんもやってみる？」

玲衣さんはこくりとうなずいた。俺が硬貨《こうか》を一枚投入する。

「クレーンの位置は前後と左右でそれぞれボタンがあって……」

UFOキャッチャー初挑戦《はつちょうせん》ということで、俺は簡単にやり方を説明する。

玲衣さんはそれを興味深そうに聞いていた。

そして、実際にクレーンが動き出す。玲衣さんは慣れない手付きで、ボタンを押《お》していた。

そういえば、これで玲衣さんが成功したら、「俺がぬいぐるみを取るよ」と言っていたのに、立場がなくなるなあ、と思った。

けれど、幸いにも（？）玲衣さんは失敗してしまった。玲衣さんは悲しそうにＵＦＯキャッチャーを見つめる。

「難しいね……これ」

「単なる慣れだよ」

「晴人くんは得意なんだよね？」

「もちろん」

俺は珍《めずら》しく自信満々に笑みを浮かべた。こういう役に立たないことは俺の得意分野なのだ。

実のところ、このＵＦＯキャッチャーは、クレーンの爪《つめ》に滑《すべ》り止《ど》めがついていない。つかみやすく、景品を取りやすいタイプだった。

俺は硬貨を一枚投入する。そして、機械のボタンをぽちぽちっと二回押して、クレーンを下ろす場所を決めた。

綺《き》麗《れい》にぬいぐるみの箱にヒットして、落下させることに成功する。

玲衣さんはあっけにとられていた。

「晴人くん、すごい……！」

「大したことじゃないよ」

「あんなに難しそうだったのに！」

玲衣さんがきらきらと目を輝かせていた。尊敬するように俺を見つめている。

そんなにすごいことをしたわけではないので、ちょっと照れる。

でも、玲衣さんに感心してもらえたらな、まあ、悪くないかもしれない。

それに……。

「はい、これ、玲衣さんにあげる」

俺は特大のぬいぐるみの箱を抱え、玲衣さんに言う。

玲衣さんがとても嬉しそうな顔をした。

「いいの⁉」

「もともとそのためにここに来たわけだし」

「やった！」

玲衣さんが子供のようにはしゃいで喜ぶ。俺は十六歳《さい》、玲衣さんはまだ十五歳だから、子供といえば子供なのだけれど。

以前は冷たい表情しか見せてくれなかったのに、今は俺の前でこんなにもストレートに

CATCHER

喜びを表現してくれる。それが俺には嬉しかった。

そういえば、年が明けて一月には、玲衣さんの誕生日がある。

俺が玲衣さんを見つめていると、玲衣さんが不思議そうに首をかしげる。

「どうしたの？」

「いや、玲衣さんの誕生日、一月十一日だったよね？」

「覚えていてくれたんだ。ありがと！　これは誕生日プレゼント？」

「いや、そうじゃなくて、誕生日にはもっとちゃんとしたプレゼントを贈《おく》りたいなって」

「そ、そんなの……晴人くんに悪いよ」

「俺がそうしたいだけだよ。今までのお礼も兼《か》ねて」

「お礼をしたいのはわたしの方だけど……でも、晴人くんがプレゼントをくれるなら、嬉しい。楽しみにしてる」

玲衣さんは幸せそうに微笑んだ。

この先も俺たちは一緒にいられるかはわからないけれど、玲衣さんの誕生日まではさすがに一緒にいられるはずだ。

それに……。

「誕生日までに、お正月もクリスマスもあるよね。わたし、晴人くんと一緒に過ごしたいな」

「玲衣さんが望むなら、もちろん一緒に過ごすよ」

「ありがとう。できれば二人きりがいいんだけどね、前みたいにアパートで二人きりで住んで、クリスマスを祝うの」

俺と玲衣さんが以前のように二人で暮らすには、問題が山積みだ。

まず、夏帆が認めないだろうし、雨音姉さんだって帰省中だ。

それより重要なのは、遠見家の業績悪化と裏取引の結果、玲衣さんや琴音たちが危ない人間たちに狙《ねら》われていることだった。

そのせいで、警備の万全《ばんぜん》な遠見家の屋敷に居続けるしかない。しかも、琴音とは婚約者でもあるので、その関係を解消しないといけない。

玲衣さんもそのことはわかっていると思う。

玲衣さんは、俺のあげたぬいぐるみをぎゅっと胸に抱きしめる。

そして、ちらっと上目遣いに俺を見た。

「今でもね、十分にわたしは幸せ。晴人くんがそばにいてくれて、お屋敷で一緒に暮らせているから。でも、晴人くんがわたしだけを選んでくれて、二人きりでわたしたちの家に戻《もど》れたら、それはとっても素敵《すてき》なことだなって思うの」

玲衣さんが恥ずかしそうに「えへへ」と笑った。

それはつまり、夏帆や琴音との関係をちゃんとして、玲衣さんだけと付き合うということだった。

俺はまだ覚悟《かくご》ができていなかった。特に俺は幼馴染の夏帆をずっと好きで、今でも自分の気持ちが整理できていない。

「えっと……玲衣さん……」

「あっ……今すぐ晴人くんに結論を出してほしいとか、そういうことじゃなくてね。焦《じ》らせるつもりはないの」

玲衣さんは慌てて手を横に振《ふ》った。

俺はほっとして、それから玲衣さんに悪いな、と思う。

俺がどうしたいか。それが今の俺には見えていない。

もともと、俺は、教室では無色透明《むしょくとうめい》な存在だった。今でも、俺は玲衣さんにも夏帆にも琴音にも釣《つ》り合っていないと思う。

そんな俺を玲衣さんは好きだと言ってくれている。

だけど……。

俺たちは、ゲーセンの外に出て、家への帰り道を歩き出す。ゲーセンに寄ったからか、普段《ふだん》とは違ったあたりを歩くことになった。

ぬいぐるみの入った袋《ふくろ》はそれなりに大きい。

それを玲衣さんに持たせるのは気が引ける。「俺が持っていこうか？」と聞くと、玲衣さんは微笑んで、首を横に振った。

「ううん、大丈夫《だいじょうぶ》。わたしがもらったプレゼントだもの」

「そっか」

「大事にするね」

玲衣さんはとても上機嫌だった。車道側を歩く俺のぴったり隣《となり》に、玲衣さんはいた。

そんな玲衣さんが突然《とつぜん》、ぱっと顔を輝かせて、通りの建物を指差す。

「あの建物、お城みたいだね！　何の建物だろう？　入れるのかな？」

玲衣さんの指の先には、たしかに西洋の城のようなド派手な建物が立っていた。風見鶏《かざみどり》のついた尖塔《せんとう》のようなものがあり、色あせたピンク色の屋根がかかっている。

玲衣さんは無邪気《むじゃき》にはしゃいでいるが、しかし、あれは……。

「れ、玲衣さん。あれ、ラブホテルだと思うよ……」

「えっ？」

玲衣さんはきょとんとして、それからみるみる顔を赤くした。

やっぱり玲衣さんはお嬢様だからか、思ったより世間知らずなところもある。

「入ってみる?」

自分でもどうしてそんなことを言ったのかわからないが、俺はそう口走った。

たぶん「入れるのかな?」なんて言っていた玲衣さんをからかいたくなったのだ。

すぐに正気に戻って、俺は慌てて取り消そうとした。

ところが——。

「う、うん」

玲衣さんは耳まで真っ赤にしながら、恥ずかしそうにこくりとうなずいてしまったのだ。

玲衣さんの反応に俺は慌てた。

まさか、うなずくとは思わなかったのだ。

玲衣さんはぎゅっと俺の服の袖《そで》を握る。

「晴人くんとなら、いいもの」

「で、でも、その……玲衣さん、ラブホテルってどういう場所かわかってる?」

俺は思わず聞いてしまった。建物を見ても、ラブホテルだと玲衣さんは気づかなかったのだ。

知らなくてもおかしくない……と思ったが、玲衣さんはむうっと頬を膨《ふく》らませて、ジト目で俺を睨《にら》んだ。

「それぐらい、知っているもの。ラブホテルって、男の人と女の人がセッ……えっと、その、エッチなことをするところでしょう？」

「えっと、うん……そのとおり」

「恥ずかしいこと、い、言わせないでほしいな」

玲衣さんは目を泳がせていた。俺も恥ずかしくなってくる。

「ごめん。じょ、冗談で聞いただけだから、本気にしないでよ」

「冗談で晴人くんは、わたしをラブホテルに誘《さそ》ったの？」

「そ、それは……」

「……佐々木《ささき》さんは、言ってたよね。『恋愛《れんあい》は魂《たましい》の触れ合いに始まり、粘膜《ねんまく》の接触《せっしょく》で終わる』って」

たしかに夏帆がそんなことを言っていた。セックスをしたら、恋愛にその先はないという意味の格言らしい。

あのときは、夏帆が俺を振った理由も知らなくて、玲衣さんもまだ俺にそれほど打ち解けていなかった。まだ一週間も経《た》っていないのに、もう大昔のことのように思える。

玲衣さんの透《す》き通るような青い瞳《ひとみ》が、まっすぐに俺を見つめる。

「わたしはね、違うと思うの」

「違うって、夏帆の言っていたことが？」

「そう。エッチなことをしたら、それがすべてだって、わたしは思わないの。もっと大事なことがあるはず」

「もっと大事なことって？」

「晴人くんは何だと思う？」

問い返されて、俺は考えた。関係を深めるために、そういうことをするのが有効なのは確かだ。

キスにしろセックスにしろ、恋人関係を示す確かな証になる。

けれど、それは本質ではない、と玲衣さんは言いたいらしい。

そして、俺も玲衣さんの言いたいことはわかる気がした。

「選ばれる、ことかな」

玲衣さんが目を瞬《まばた》かせ、そして、明るい笑みを浮かべた。

「そう。わたしもそう思うの。エッチなことをすることが一番の目的じゃないよ。他の誰《だれ》でもない自分が、大事な人に選ばれるのが一番の幸せなんじゃないかな」

「そうだよね」

　夏帆に告白する前は、俺も夏帆とそういうことをするところを想像しなかったわけじゃない。

　でも、それが一番の目的ではなかった。夏帆に俺のことを好きだと言ってもらって、俺のことを一番大事な存在として選んでほしかったのだ。

　そんな俺の内心を見透《みす》かすように、玲衣さんは柔らかく微笑む。

「わたしも同じ。わたしも、晴人くんに選んでほしいの。晴人くんが選んでくれるなら、わたし、ラブホテルでも一緒に行くよ？」

　俺はどう答えたものか迷った。今の俺は選べない。玲衣さんを選ぶなら、夏帆と琴音とのことをちゃんとしないといけないから。

　俺が口を開きかけたとき、「あーっ！」という甲高《かんだか》い声が響《ひび》いた。

　振り返ると、そこにはセーラー服姿の小柄《こがら》な女子生徒が立っていた。

　ユキだ……！　赤いアンダーリムのメガネを押し上げて、ユキが俺たちを睨む。

　そして、こちらに近づいてきた。

「どうしてアキくんと水琴《みこと》さんがこんなところにいるの？」

「帰り道だよ」

「普段はここ、通らないよね。まさか……夏帆を差し置いて……」

ユキは顔を赤くして、ラブホテルと俺たちを見比べる。

俺はぶんぶんと首を横に振った。玲衣さんには言わなかったけれど、俺たちはラブホテルに入れない。

「たまたまゲーセンの帰りに寄っただけ。制服を着たまま、入れるわけないよ」

「あっ……」

玲衣さんとユキは顔を見合わせ、それから俺に顔を向けて「それはそうだ」という表情をした。

未成年の利用は許されないし、制服を着ていたら当然、入店は禁止だ。

「そういうわけだから、冗談だって言ったんだよ」

「ああ、そっか」

玲衣さんがほっとしたような、がっかりしたような複雑な表情を浮かべる。

「というか、ユキこそどうしてこんなところにいたの……？」

「わ、私もゲームセンターに寄ってたの」

「なるほどね」

ユキもかなりのゲーム好きだ。格闘《かくとう》ゲームなんか、けっこう強かったりする。

ユキは寂《さび》しそうに微笑んだ。

「また、アキくんの家でテレビゲームしたり、ゲームセンターに寄ったりしたいな。夏帆と一緒に」

俺が答えるより先に、玲衣さんが口をはさむ。

「本当は晴人くんと二人きりが良いんじゃないの？」

「そんなわけないよ。夏帆がいることが大事。……私、まだ水琴さんのことを認めていないんだからね？」

「大丈夫。桜井《さくらい》さんが認めても認めなくても、わたしは晴人くんのものだもの」

バチバチと玲衣さんとユキの視線が火花を散らす。

俺は慌てた。このまま三人で帰るというのは、さすがに気まずい。

けれど、ユキが腕時計《うでどけい》を見て、ため息をついた。

「お母さんがね、駅まで車で迎《むか》えに来てくれるの」

「そうなんだ」

「でも、二人きりだからって、イチャイチャしたらダメなんだからね……？」

ユキは「うーっ」と威嚇《いかく》するように玲衣さんを睨む。でも、雰囲気が小動物めいているからか、可愛い仕草にしか見えない。

それは玲衣さんも同じだったようで、「あはは」と苦笑いをしている。

そして、ユキは名残《なごり》おしそうに去っていった。

俺たちも隣に並んで帰り道を歩き始める。

玲衣さんがくすっと笑い、少し首をかしげる。

「桜井さん、わたしたちに嫉妬《しっと》していたね」

「そう……なのかもね」

昔からユキは大事な友人だった。

ユキは俺と夏帆をくっつけようとしていて、でも、俺のことを好きでもあるようで。

そんなユキは、俺の隣にいる玲衣さんを許せないのかもしれない。

玲衣さんは柔らかい表情になる。

「わたしはね、ヤキモチを焼かれるのも、悪くないかもって思っているの」

「え？」

「だって、嫉妬されるぐらい、わたしが晴人くんに大事にされているってことだもの。佐々木さんにも、桜井さんにも、琴音にも、雨音さんにも、すごくヤキモチ焼かれるぐらい、晴人くんに好きになってもらうの」

玲衣さんがふふっと笑う。その笑みは妖艶《ようえん》ですらあった。玲衣さんの想《おも》いの強さに圧倒《あっとう》され、俺《おれ》はたじろいでしまう。

「少なくとも、雨音姉さんは関係ないんじゃないかな……」

「どうして？」

「だって、雨音姉さんは俺の従姉《いとこ》で家族だよ。俺に異性として好意を持っているわけないし……」

玲衣さんはぴたっと足を止めた。そして、まじまじと俺を見つめる。

「本当にそう思う？」

「え？」

「雨音さんは、晴人くんのこと、好きな気がするな……」

「まあ、そりゃ、家族としては好きだと思うよ」

「そうじゃなくて、男の子として意識していると思うの」

「まさか。雨音姉さんはいつも俺をからかってばかりで、俺を男として見ているなんて、そんなことないよ」

「そうかな。家族でも互いを好きになってしまうことはあるでしょう？　従姉弟は結婚《けっこん》できるし」

「雨音姉さんと俺が結婚……か」

考えたこともなかった。もしそうなったら、父さんはどんな顔をするだろう？

雨音姉さんは十五歳のときに、両親を火事で失った。俺の母もそのときに亡《な》くなっている。

それ以来、俺と父さん、そして雨音姉さんは家族として一緒《いっしょ》の家で暮らしてきた。

雨音姉さんは最初こそ、俺や父さんに遠慮《えんりょ》していたけれど、しだいに本当の弟のように俺を可愛がってくれるようになった。

家族を失った心の傷を埋《う》めるために、雨音姉さんは俺を必要としていたのかもしれない。

一緒に釣りに行ったり、カラオケに行ったり、映画を見たり、図書館へ行ったり。

俺が推理小説を読むようになったのも雨音姉さんの影響《えいきょう》だ。

俺にとっては、雨音姉さんとの時間はかけがえのないものだった。

ただ、だからといって、雨音姉さんと結婚するなんて、思いもしなかった。

ウェディングドレス姿の雨音姉さんを俺は想像してみる。雨音姉さんは純白のドレスで着飾《きかざ》り、とても美しかった。普段はラフな格好をしているので、ギャップがある。

そんな雨音姉さんが大人な表情で、俺の隣で微笑みかけて……。

恥《は》ずかしくなって、俺は自分の頬が熱くなるのを感じた。

玲衣さんはむうっと頬を膨らませる。

「雨音さんと結婚しているところを想像していたでしょう？」

「そ、それは……えっと、していました……」

「やっぱり。それに、雨音さんに抱《だ》きつかれたときも晴人くんってば、デレデレしていたでしょう?」

「デレデレなんてしていないよ」

「嘘つき。雨音さんとわたしの胸の大きさを比べて、わたしのより大きいって比べたりしていたでしょ?」

「いや、そんなことはしていないよ」

「本当に?」

どきりとする。実際、雨音姉さんに胸を押し付けられたときは、玲衣さんよりずっと大きいなんて考えてしまった。

なにか言い訳を言わないと……。俺はテンパってしまい、深く考えずに口を開いた。

「そ、それに、玲衣さんも十分に大きいし……」

「へ!?」

俺は失言に気づいた。玲衣さんから振られた話題とは言え、胸が大きいなんて言っても、何のフォローにもなっていない。

玲衣さんが嫌な思いをしただろうか……と思って、反応を見ると、玲衣さんは顔を真っ赤にしていた。

「ごめん。嫌だった？」

「ううん。晴人くんに女の子として見られている気がして、嬉《うれ》しいな。でも、やっぱり、晴人くんって胸の大きい女性の方が好きなんだ……」

「そ、それは……えっと、違うというか……」

「雨音さんが羨《うらや》ましい。わたしよりもずっと大人で綺麗な人で胸も大きくて……。それに、晴人くんと昔から一緒にいて、強い絆《きずな》で結ばれているから。きっとわたしなんかより、雨音さんの方が、晴人くんにとって大事だよね」

雨音姉さんと俺は、従姉弟として幼い頃《ころ》から互《たが》いを知っていて、五年前からは同居する家族でもあった。

一方、玲衣さんと一緒に住むようになってから、まだ二週間も経っていない。

でも、だからといって、玲衣さんが大事じゃないわけじゃない。

玲衣さんは俺にまっすぐな好意を向けてくれていて、結婚指輪まで渡《わた》してくれた。

雨音姉さん自身も、俺に「私よりも水琴さんの方が大事なんでしょう」なんて言っていた。

二人のどちらの方が大事かなんて言えるわけないけれど……少なくとも、俺も玲衣さんに言えることはある。

「俺にとって、玲衣さんは大事な存在だよ」

「嘘」

玲衣さんが不安そうに、でも、期待するような表情で言う。俺は微笑んだ。

「雨音姉さんはさ、家族として大事だけれど……でも、恋人《こいびと》になったりはしないから」

俺は雨音姉さんを、姉としてしか見られない。いや、もちろん、ハグされたりスキンシップされたりしたら、意識してしまうけれど、それは生理的なものだ。雨音姉さんと彼氏《かれし》彼女《かのじょ》になるところなんて想像もつかない。

玲衣さんは、雨音姉さんが俺を男として好きだと言うけれど、信じられない。きっと雨音姉さんも、俺を可愛《かわい》い弟としか思っていないはずだ。

一方で、玲衣さんは違う。玲衣さんは俺を好きだと言ってくれて、一時は恋人のフリをしていた。

アパートで同居していたときだって、互いを異性だと強く意識していた。

そういう意味では、俺にとって、二人はまったく違った意味を持つ。

玲衣さんは俺の言葉をしばらく吟味《ぎんみ》していたようで、そして、納得《なっとく》したようにうなずいた。

「そっか。わたしは、晴人くんの恋人になれる……なる可能性はあるものね。晴人くんは雨音さんを女性として見たりしない？」

「しないよ」

「良かった。……桜井さんと、わたしも同じ」

どういう意味だろう？　玲衣さんとユキが同じ？

俺が怪訝《けげん》な顔をしたので、玲衣さんはくすっと笑った。

「桜井さんがわたしにヤキモチを焼いたように、今度はわたしが雨音さんにヤキモチを焼いちゃったってこと」

「ああ、なるほど……」

「そうそう、晴人くん。一つ言い忘れていたけど……」

玲衣さんが急に俺に近づき、俺の腕《うで》をつかんで軽く引っ張る。

そして、俺の耳元にその唇《くちびる》を近づけた。

玲衣さんの吐息《といき》がくすぐったくて、俺は自分の体温が上がるのを感じた。

「結婚できるのは、従姉だけじゃなくて、はとこもだから。ね？」

そう言って、俺のはとこの玲衣さんはいたずらっぽい笑《え》みを浮《う》かべた。

第二話　雨音姉さんの本当の想い　chapter.2

その日の夜。俺がいたのは遠見《とおみ》家の屋敷《やしき》ではなかった。

秋原《あきはら》家のアパートに戻ってきたのだ。

なぜかといえば、遠見の屋敷へ引っ越《こ》したのがあまりにも急だったので、荷物の整理ができていなかったのだ。

玲衣《れい》さんは、着の身着のままでこのアパートにやってきたから、私物をほぼ持っていなかった。

だけど、俺は長くここに住んでいたので、多少なりとも追加で持っていきたいものもある。

長期間、家を空けるなら、片付けもちゃんとしておかないといけない。

「私、こういう地味な作業って苦手なのよね……」

雨音《あまね》姉さんがぼやいた。

かつての住人だった雨音姉さんも、一緒に整理《せいり》整頓《せいとん》に協力してくれている。

雨音姉さんは頭が良くて、アメリカの名門大学に留学するほど優秀《ゆうしゅう》だけれど、整理整頓とか家事とかは苦手な方だ。

反対に、俺は掃除《そうじ》も料理も片付けもかなり得意である。それ以外の面では、お世辞にも優秀だとは言えないけれど……。

雨音姉さんは、自分の部屋——玲衣さんの部屋でもあった——の押入《おしい》れをがさがさと漁《あさ》っていた。

いつもどおりの活動的な格好で、Tシャツの上にカーディガンを羽織り、ショートパンツを穿《は》いている。

雨音姉さんは、押入れに上半身を入れて、前のめりになっていた。俺の方に背中を見せているから、自然とお尻《しり》を突《つ》き出すような格好になる。

玲衣さんに言われたことを思い出す。俺が雨音姉さんを女性として意識している……みたいな。

そう言われると、急に意識してしまう。今だって、俺は雨音姉さんと二人きりで部屋にいるわけで……。

一緒に暮らしていた昔は、そんなこと日常茶飯事《にちじょうさはんじ》だったのだけど。

俺の視線に気づいたのか、雨音姉さんがこちらを振り返る。そして、ちょっと顔を赤くして、ふふっと笑う。

「私のお尻、見てたわけ？」

「み、見てないよ」

「あー、晴人《はると》君のエッチ♪　押入れにもエロ本がたくさんあったし」

「えっ、全部回収したはず……」

俺は言ってから、「しまった」と思った。

雨音姉さんはにやっと笑った。

誘導尋問《ゆうどうじんもん》だ。実際には、エロ本は全部回収していたけど、雨音姉さんの罠《わな》に引っかかって、秘密を暴露《ばくろ》する羽目になった。

「やっぱり、ここにエロ本を山のように隠《かく》してたのね！」

「そんなにたくさんはなかったけどね。友達に押し付けられた分だけだよ」

「へえ、友達ねえ」

にやにやと雨音姉さんが笑う。言い訳だと思ったらしい。

いや、実際に友人の大木《おおき》が勝手に俺に渡したのだけれど。ついでに、みんなエロ本は夏《か》帆《ほ》に似たものが多い。大木も俺が夏帆を好きだと知っていたからだ。

そういえば、雨音姉さんは、大木のことはあまり知らない。いや、ちょろっとだけは話したかもしれないが、大木は高校でできた友人だし、雨音姉さんは去年の九月には留学に行ってしまった。

俺と雨音姉さんは、昔はいつも一緒にいた。けれど、最近はそうではない。

雨音姉さんは俺のことをすべて知っているわけではないし、俺も雨音姉さんのすべてを知らない。

「どうしたの?」

黙《だま》っている俺に、雨音姉さんが不思議そうに首をかしげる。

俺は肩《かた》をすくめた。

「いや、雨音姉さんがいなくて、寂しくなったな、と思って」

雨音姉さんは虚《きょ》をつかれたようで、それから、あたふたとした表情をした。

もしかして……照れている?

雨音姉さんはいつも飄々《ひょうひょう》としているから、珍しい。

いつもからかわれてばかりなので、俺は雨音姉さんをちょっとからかってみたくなった。

「雨音姉さんも寂しいんだ?」

「……そう。寂しいわ」

雨音姉さんは頬《ほお》をほんのりと赤く染めて、でも、はっきりと言った。

てっきり照れて否定するかと思ったけれど、大人の余裕《よゆう》……なのだろうか。

そして、雨音姉さんは部屋の窓を開けた。冬の夜の冷たい風が部屋に入ってくる。

雨音姉さんは、窓の外を見つめる
「晴人くんは私なんかいなくても、寂しくないと思ってたのに」

「寂しくないわけないよ」

「本当に？　晴人君には、夏帆がいて、桜井《さくらい》さんがいて、今では水琴《みこと》さんもいる。私が一人いなくたって、大したことないんじゃないかしら？」

雨音姉さんが珍しく沈《しず》んだ声で言った。

俺はぽんと雨音姉さんの肩に手を置いた。

雨音姉さんがびっくりした様子で、こちらを振り向く。

そして、くすっと笑った。

「お触《さわ》りは禁止♪」

「い、いかがわしい言い方をしないでよ。一緒に住んでいたときは、肩を叩《たた》くぐらい普通《ふつう》にやっていたし……」

雨音姉さんは集中力が高くて、パソコンで作業したり、勉強したりしているときは、声をかけても気づかないこともあった。イヤホンをしていれば、なおさらだ。

そういうとき、「ご飯ができたよ」と知らせるために、肩を叩いたりしたことは何度もあったと思う。

「それに、雨音姉さんから俺へのボディタッチの方が、問題だと思うけどな……」

「抱きついたりとか？」

「そうそう」

「ただのスキンシップでしょう？　それとも、嫌《いや》だった？」

雨音姉さんが不安そうに聞く。今日の雨音姉さんは、ちょっと変だなと思った。

いつもなら、そんなことを心配したりしない。

「嫌では全然ないけどね」

「なら、嬉しい？」

「嬉しい、というか、ほっとはするよ。雨音姉さんは頼《たよ》りになる家族だから」

ふうん、と雨音姉さんは複雑そうな表情を浮かべた。

逆に、俺が肩を叩いたのを、雨音姉さんが嫌がっていたなら、申し訳ないな、とも思う。

でも、すぐにその懸念《けねん》は消えた。

「私は嬉しいけどな。晴人君に触《ふ》れてもらえるのは」

「え？」

「お触り禁止、なんて言ったけど、本当はいくらでも触ってくれてもいいのよ？　ほらほら」

えへんと雨音姉さんが胸を張り、そのはずみに大きな胸が揺《ゆ》れた。スタイル抜群《ばつぐん》の身体を自慢《じまん》するかのようだ。

よくわからないけど、いつもの雨音姉さんに戻ったようだ。

「さ、触ったりしないよ」

「嘘《うそ》。本当は触りたいと思っているくせに。今だってエッチな目で見ていたでしょ？」

「見てない見てない。家族をそんな目で見たり……しないよ」

「本当かなあ」

「雨音姉さんは無防備すぎるというか、からかいすぎて、俺がその気になったらどうするのさ？　今だって二人きりなのに……」

「ほらね、晴人君だって、そうなる可能性があるって認めているでしょう？　私たち、従姉弟だから。過《あやま》ちがあってもおかしくないわ！」

雨音姉さんがいたずらっぽい口調で言い、そして、拳《こぶし》を突き上げる。玲衣さんが言っていた「従姉弟とは結婚できる」という言葉を思い出し、俺は急に意識してしまった。

自分の頬が熱くなるのを感じる。

「な、ないから！　というか、そろそろ片付けをちゃんとやらないと、今日中に終わらないよ……」

「あら、晴人君ったら、真面目《まじめ》なのね」

「雨音姉さんが不真面目《ふまじめ》すぎるんだよ？」

「あっ、ひどい！　晴人君も言うようになったよね。昔はちっちゃくて可愛かったのに……」

くすくすっと雨音姉さんは笑い、そして、俺をじっと見つめる。

「ねえ、晴人君……もし……」

「もし？」

「いいえ、なんでもないわ。忘れて」

「そっか……」

雨音姉さんは何を言おうとしていたんだろう？

気になったが、問いただして聞くようなことでもない。

本棚《ほんだな》の本をちらりと俺は見た。そこには雨音姉さんと俺の持っている本が混ざって置かれている。

あまりにもお互いに日常的に貸し借りをしていたせいで、どちらがどっちのものという区別をすることも難しい。

俺と雨音姉さんは共通でミステリが好きなので、推理小説の文庫本が多い。『三つの棺《ひつぎ》』とか『エラリー・クイーンの冒険《ぼうけん》』とかみたいな本格ミステリから、『長いお別れ』とか『マルタの鷹《たか》』みたいなハードボイルドまで、昔の海外の名作がたくさん並んでいる。

こういうのを俺が読むようになったのも雨音姉さんの影響だ。

雨音姉さんは英語の原書でも読めるみたいだ。

ただ、俺はそんなことはできない。俺が雨音姉さんの年齢《ねんれい》になっても、できたりはしないだろう。

雨音姉さんは優秀で、隣町《となりまち》の名門国立大学に通って、英語の試験で高い点を取り、アメリカの大学に交換《こうかん》留学に行くほどだ。

無色透明な、取《と》り柄《え》のない俺とは違《ちが》う。

俺が本棚から視線を戻すと、雨音姉さんが微笑《ほほえ》んだ。

「この本棚も片付けちゃった方がいいかしら」

「え？」

「というより、この部屋を解約した方が良さそうね」

当然のことのように、雨音姉さんは言った。

俺は戸惑《とまど》う。あくまで、今日は荷物の整理に来ただけだ。

部屋を解約したりするつもりはない。

「この部屋にはいつか戻《もど》るつもりだから、解約なんてしないよ」

「いつかっていつのこと？」

「それは……」

「遠見家は、水琴さんを解放したりしないでしょう？　身の安全が確保できないから、屋敷に留《とど》めておきたいはず。それに、琴音《ことね》さんとの婚約《こんやく》もあるし」

雨音姉さんの言う通りだ。経営の傾《かたむ》いている遠見グループは、危険な裏取引の結果、一族の身が狙《ねら》われている。

玲衣さんを守るために、警備体制が万全《ばんぜん》な遠見家の屋敷にいる必要がある。

そして、それ以上に問題なのが琴音との婚約だ。婚約者《こんやくしゃ》、そして遠見家の後継者《こうけいしゃ》候補として、俺は扱《あつか》われているから、婿養子《むこようし》として遠見の屋敷での居住を強《し》いられるかもしれない。

この二つの問題が解決しない限り、俺はこの家に戻ってこられない。

「それでも、俺はこの家に戻ってきたいよ。玲衣さんもそう言ってくれているし……」

「へえ……」

雨音姉さんがぱちぱちと目を瞬かせる。

俺は少し恥ずかしかったが、言うことにした。

「この家に戻って、また俺と一緒に二人きりで住みたいって玲衣さんは言ってくれた。クリスマスも一緒に祝いたいって……」

「そうなんだ。水琴さんなら……そう言うでしょうね」

雨音姉さんの表情がかすかに変化する。

俺はその表情の変化を気にも留めず、雨音姉さんに気軽に相談しようと思ってしまった。

「あのさ、雨音姉さん。遠見家の事情はともかく、琴音との婚約だけでもなんとかならないかな。解消する良い方法があればいいんだけど……。きっと雨音姉さんなら、思いつくかなって」

「そうすれば、水琴さんと同棲《どうせい》生活が再開できるってことね」

雨音姉さんの声が小さくなった。少しトーンも暗い。

どうしたんだろう？

非現実的だと思っているんだろうか？　たしかに遠見家当主・遠見総一朗《そういちろう》の指名だから、婚約を断るのは難しい。

とはいえ、雨音姉さんなら、なんとかできるんじゃないだろうか。「世界から見れば、遠見グループなんて、地方の小さな企業《きぎょう》に過ぎないんだから」と自信たっぷりに言っていたんだから。

でも、俺は雨音姉さんの思いにまったく気づいていなかった。

「私は、どうなるわけ？」

「え？」

「私もこの家の住人なのに」

雨音姉さんがすねたように俺を見つめる。

予想外の言葉に俺は動揺《どうよう》した。

「だ、だって、雨音姉さんは留学中で……」

「来年の春には、交換留学の期限が切れるわ。そうしたら、私も日本のこの町に戻ってくるはず。そのときも、晴人君は水琴さんと同棲しているつもりなんでしょう？」

「そのつもりだけど……」

俺も玲衣さんもそう考えていた。玲衣さんは、この家が初めてできた居場所だと言ってくれた。

そんな玲衣さんの居場所を俺も作ってあげたくて……。

でも、ここは秋原家なのだ。単身赴任《ふにん》の父さんは来年も釧路《くしろ》から戻ってこないらしいけれど、雨音姉さんはそうじゃない。

「ずっとここは私の家だった。それなのに、今では私の部屋は水琴さんの部屋になっている。晴人君は私じゃなくて、水琴さんと暮らすつもりでいる。……どうして？」

俺は玲衣さんと自分のことしか考えていなかった。

すっぽりと雨音姉さんのことが、頭から抜《ぬ》け落ちていた

「ごめん。でも、この家に玲衣さんを住ませたのは、元はと言えば雨音姉さんだよね」

「そうだけど……でも、寂しい。私がいなくなって、晴人君は寂しいって言ってくれたよね？　私は晴人君の家族なのよね？　なのに……私はこの家にいなくてもいいの？」

「いなくていいなんて言ってない」

「わかってる。私がいたら、二人っきりの同棲生活には邪魔《じゃま》よね。私より水琴さんが大事なんだって、頭ではわかってるわ」

俺はそんなことないと言おうとした。雨音姉さんは家族で、玲衣さんと比べるなんてできない。

でも、本当に家族なら、玲衣さんと変わらずに大切だというのなら、なぜ俺は雨音姉さんと一緒に暮らすところを想像しなかったのか？

玲衣さんが遠見家に拉致《らち》されたときも、同じ質問を雨音姉さんに投げかけられた。

あのとき、俺はその問いに答えられなかった。そして、少なくとも、今の俺は、玲衣さんより雨音姉さんの方が大事だとは即答《そくとう》できない。

雨音姉さんは俺をまっすぐに見つめ、そして、ぎゅっと俺の服の袖《そで》をつまんだ。

「夏帆との血縁《けつえん》問題も、水琴さんが誘拐《ゆうかい》されたときも、私が助けてあげた。琴音さんとの婚約も、私が解決できるかもしれない。でも、そうなったとき、私の居場所はどこにあるの？」

「雨音姉さんは……俺なんかと違って、いくらでも居場所があるはずだよ。大学でだって優秀なんだろうし、就職先だって良いところが……」

「でも、私の家はここだけなの。五年前のあの日から、ずっと……」

そして、雨音姉さんは、床《ゆか》に落ちていたガラスの瓶《びん》をそっと拾い上げた。

それは玲衣さんが置き忘れていった化粧水《けしょうすい》のようだった。雨音姉さんはそれを見て、唇を噛《か》む。

その化粧水は、雨音姉さんの部屋が玲衣さんのものとなった象徴《しょうちょう》……のように、雨音姉さんには見えたのかもしれない。

雨音姉さんは微笑んだ。

「今日の私、ちょっと変かも。ごめんなさい」

「いや、雨音姉さんが謝《あやま》る必要はなくて、むしろ悪いのは俺な気が……」

「大丈夫《だいじょうぶ》。安心して。私が、全部の問題を解決して、晴人君と水琴さんがまたこの家に住めるようにしてあげる」

「えっと、雨音姉さん。ごめん、無理はしなくていいから……」

「無理？　無理なんてしてないわ。だって私は晴人君のお姉さんよ？　晴人君を助けてあげるのが当たり前で、それが……私の恩返しなの」

雨音姉さんはそう言うと、どう見ても無理をした様子で、なんとか笑みを浮かべた。

俺はなんて声をかけようか迷った。俺が口を開くより早く「ちょっと風に当たってくるから」と言って、雨音姉さんは玄関《げんかん》の方へと行ってしまった。

風なら、窓から十分に吹《ふ》き込《こ》んでいるのだけど。玄関の扉《とびら》を雨音姉さんが開けたからか、ひときわ風が強くなった。

その冷たさに俺はぶるりと身を震《ふる》わせた。俺は慌《あわ》てて窓を閉めた。

ここ一、二年の雨音姉さんがあんなふうに感情的になるのは、珍《めずら》しい。いつも雨音姉さんは、姉らしく余裕たっぷりに振《ふ》る舞《ま》っていた。

五年前。あの火災の直後は違った。雨音姉さんの心は不安定で、突然《とつぜん》思い出したように泣き出してしまっていた。

雨音姉さんはあのとき、まだ十五歳《さい》だった。両親を失った衝撃《しょうげき》は、普通の少女一人には耐《た》えきれないほどの重さだっただろう。

あのときの雨音姉さんは、けっして強い人ではなかった。そんな雨音姉さんが頼れる姉になったのはいつからだろう。

俺自身も母を失っていて、でも、俺には父さんがいた。

壊《こわ》れそうな雨音姉さんのそばに、俺はずっといた。そうすることで俺は母を失った悲しみを癒《いや》せたし、雨音姉さんの支えにも少しはなれていたのかもしれない。

なのに、今、俺は雨音姉さんを傷つけてしまった……のかもしれない。

雨音姉さんが、俺を家族としてそんなに大事だと思ってくれているとは想像していなかった。

雨音姉さんは明らかに……玲衣さんに嫉妬していた。それは俺の家族になりつつある玲衣さんに対してなのか、それとも……。

俺は考えながら、さっきまで雨音姉さんが片付けていた押入れをなんとなく覗《のぞ》く。

雨音姉さんの荷物と、俺が後から放《ほう》り込んだ荷物で、カオスなことになっている。

これは……なんとかしないと……。

現実逃避《とうひ》も兼《か》ねて、俺は何気なく、押入れの奥《おく》にある手帳のようなものを取った。

……こんなものあったっけ？

ホコリがひどいので、一度押入れの扉を開く。

なんだろう？　俺のノートか何かだろうか・

ぱらっと開いて、俺は後悔《こうかい》した。

それは雨音姉さんの日記だった。うっかり置き忘れたんだろう。

プライバシーの塊《かたまり》である。覗き見するつもりはないし、普通だったら、すぐにでも閉じただろう。

でも、日記のページには俺の名前が書かれていた。

自然と文字を目で追ってしまう。

「晴人君のことが好き」

えっ……と思い、続けて読む。「デザートのプリンを譲《ゆず》ってくれた晴人君大好き！」とか、そういう家族としての好きだろうか……。

そうではなかった。

そこに書かれていたのは、雨音姉さんが女性として男の俺を好きだという話だった。

雨音姉さんが留学に行く少し前の日記のようだ。つまり、俺が高校生になったぐらいのこと。

「晴人君は夏帆のことが好き。私は晴人君のお姉さんで、夏帆のことも応援《おうえん》してあげたくて……。でも、私は晴人君のことが好き。私はどうすればいいの？」

「晴人君は私を頼れるお姉さんとしか思っていないのよね。それでも十分、嬉しいけど……それだけでは満足できない」

「私には晴人君しかいないんだって、気づいちゃった。私が一番苦しいときに一緒にいてくれて、私を家族として認めてくれた男の子だから……」

俺への好意が赤裸々《せきらら》に綴《つづ》られていて、俺は衝撃のあまり、日記を床に落としそうになった。

別のページをぱらぱらとめくって目を通す。

「晴人君が二人きりで私の誕生日パーティーを開いてくれた！　すっごく嬉しかった！」

「晴人君って、私の下着を平気な顔で洗っているけど、恥ずかしかったりしないの？　女性として見られていないみたいで、複雑……」

「晴人君と夏帆が仲良くしているのを見ると、嫉妬《しっと》でおかしくなっちゃいそう。二人は付き合うのかな……。留学すれば、晴人君のことを忘れられるのかな……」

「私が晴人君の部屋へ行って、寝《ね》ている晴人君のベッドに潜《もぐ》り込んだら……晴人君、どんな反応するんだろう？　ただのスキンシップとしか思わない？　それとも……」

俺はそこまで読んで、日記をぱたんと閉じた。俺が容量オーバーになったからだ。

普段《ふだん》の雨音姉さんは、いたずら好きで、いつも俺《おれ》のことをからかっている。そして、何事にも動じない強さのある人だと思っていた。

でも、この日記の雨音姉さんは違う。迷い悩《なや》む少女のようで、そして、俺に強い好意を持つ女性だった。

「気づかなかった……」

玲衣さんの言っていたとおりだったわけだ。雨音姉さんは俺のことを好き。理由はわからないけれど、それは間違《まちが》いない事実だった。

俺は、そんな雨音姉さんに、玲衣さんのことも夏帆のことでも、助けてほしいと言ってしまった。頼ってしまった。

雨音姉さんのことを「ただの家族」だと思っていたから。

それはとても残酷《ざんこく》なことだった。

雨音姉さんも俺を大事な家族だと思ってくれていて、夏帆とのことを応援してくれて、玲衣さんを助けようとしてくれた。

だから、雨音姉さんは、俺に好意を告げなかった。

でも、俺は知ってしまった。

俺はどんなふうに雨音姉さんに接すればいいのだろう？

日記を持ちながら、俺が立ち尽《つ》くしていたら、やがて玄関の扉が開く音がした。

雨音姉さんが戻ってきたのだ。

俺は慌てて押入れを開き、日記を元に戻そうとする。

ところが、こんなときに限って、建て付けが悪いせいで押入れの扉が開かない。築三十年のアパートのボロさを俺は心のなかで呪《のろ》った。

ホコリのことなんて考えず、開けっ放しにしておけばよかった。

結局、日記を手に持ったままの状態で、俺は雨音姉さんを迎《むか》えることになった。

振り返ると、雨音姉さんが部屋の入り口に立っていた。慌てて後ろ手を組んで日記を隠す。

雨音姉さんはにやにやと笑っていて、もういつもどおりの雰囲気《ふんいき》だった。

「晴人君、私がいないあいだに何してたの？」

「な、何もしていないよ……」

「嘘ね。何か隠しているでしょう？　本当はやっぱりエロ本とか持っているんじゃない？」

そう言って、雨音姉さんが俺の背中を覗き込もうとする。

まずい。このままだと俺が雨音姉さんの日記を見ていたことがバレてしまう。

俺は窓際《まどぎわ》へと後退する。雨音姉さんは一歩踏《ふ》み込んで、俺に近づいた。

に、逃《に》げ場《ば》がない……。

雨音姉さんの端整《たんせい》な顔立ちがぐいっと近づけられる。

改めて見ても、俺の従姉《いとこ》はとても美人だと思う。

顔は女優のように整っていて、スタイルも抜群で大人な雰囲気で……。しかも頭もすごく良いし、悪戯《いたずら》好きだけど本当はとても優《やさ》しい性格だ。

そんな雨音姉さんが、俺のことを好きでいてくれる。

あの日記の雨音姉さんの想《おも》いと、目の前の雨音姉さんが重なり、俺は動揺した。

「なに赤くなっているの？　やっぱりエッチな本なんでしょう？」

くすっと笑って、雨音姉さんが俺に手を伸《の》ばそうとする。てっきり、俺は手に持っている本を無理やり奪《うば》われるのかと思って、身構えた。

一応、俺も身体能力にだけは自信があるので、強引《ごういん》に防げるといえば防げるけど、雨音姉さんに乱暴をするわけにはいかない。

結局、俺はほぼ棒立ちで雨音姉さんの行動を迎えた。

「あれ？」

雨音姉さんの行動は予想とは違った。

俺の頭に手を回し、優しく撫《な》でたのだ。

「晴人君ってば、可愛い……！　恥《は》ずかしがらなくてもいいのに。家族なんだから」

雨音姉さんがふふっと笑う。俺を弟として純粋《じゅんすい》に慈《いつく》しむ視線に俺は戸惑う。

柔《やわ》らかくて小さな手が、俺の髪《かみ》をくしゃくしゃっとする。俺は雨音姉さんの弟なんだ、となぜかそのとき強く感じた。

俺は照れ隠しに口を開く。

「エロ本を持っていたら、普通は家族に見せるのは恥ずかしがると思うけど……」

「あっ、やっぱりエッチな本を持っているんだ？」

「い、いや、そうではなくて……」

「家族なんだから隠し事《ごと》はなし。そうでしょう？」

「そういう雨音姉さんは隠し事があるんじゃない？」

「私？　私が晴人君に隠していることなんて、何もないわ」

それが嘘だと俺は知っていて、だからといって俺は問いただすこともできなかった。

雨音姉さんが、俺の背中に手を回そうとする。日記を見たことを知られたら、これまでの関係ではいられない。

雨音姉さんだって、隠そうとしてきたのだし……。

そんなとき、雨音姉さんが俺の頭から手を離《はな》す。

そして、柔らかい笑みを浮かべて、俺の背中にそっと手を回そうとした。雨音姉さんの身体が俺に近づき、その長くて美しい髪が軽く揺れる。

ふわりとした甘《あま》い匂《にお》いにどきりとする。手に持っている日記を奪おうとしているんだろうか？ それとも単にハグしようとしてくれているんだろうか。

どちらだとしても、今の俺は平静ではいられない。雨音姉さんの想いを知ってしまったのだから。

逃げ場はない。日記を見られてはいけないという思いと、俺に好意を持ってくれている雨音姉さんへの感情がぐちゃぐちゃになって――。

俺は反射的に、雨音姉さんを突き飛ばしてしまった。

そんなことをするつもりはなかった。でも……。

突き飛ばされた雨音姉さんは、部屋の畳《たたみ》に尻もちをついて、呆然《ぼうぜん》とした表情で俺を見上げていた。

「は、晴人君……？」

「ご、ごめん。こんなつもりじゃ……」

雨音姉さんの表情がくしゃっと崩《くず》れる。唇をかんで、傷ついたようにうつむいていた。

その綺麗《きれい》な目に涙《なみだ》がうっすらと浮かんでいる。

俺に拒絶《きょぜつ》された、と思ったんだろう。

まるで五年前、両親が死んでしまったときのような顔を、雨音姉さんはしていた。

そして、そんな表情をさせたのは……俺だった。

「雨音姉さん、その、えっと……」

「いいの。私が悪いから。そのぐらい、見られたくないものだったんでしょう？　それを強引に見せてもらおうとしたんだから。それに、髪を触ったり、抱《だ》きしめたりするのも……本当は嫌だったのよね？」

「そ、そんなことないってば！」

「嘘」

「嘘じゃないよ」

俺は身をかがめ、雨音姉さんと目線を合わせようとする。

雨音姉さんは目をそらした。

「……私はもう晴人君のお姉さんでもいられないのね」

「雨音姉さんは俺の大事な家族だよ」

「でも、晴人君にはもう水琴さんがいる。夏帆だっている。琴音さんだって、他の子も……。私なんかいなくても、晴人君には居場所がある」

雨音姉さんはぷいっと横を向いてしまう。突き飛ばされたときに雨音姉さんの髪は乱れていて、横を向いた拍子《ひょうし》にその髪が右目にかかってしまった。

俺は一瞬《いっしゅん》ためらってから、雨音姉さんに手を伸ばし、その髪を優しく払《はら》った。雨音姉さんは抵抗《ていこう》せず、それを受け入れていた。

そして、俺は雨音姉さんにささやく。

「雨音姉さんの代わりはいないよ。他に俺の姉はいないんだから」

「本当にそう思うの?」

「本当だよ」

「それなら、水琴さんの代わりに、私と一緒《いっしょ》に住んでくれる?」

「え?」

「叔父様《おじさま》を除けば、晴人君の家族は私だけだよね? なら、私が晴人君と一緒にこの家に住むのが自然じゃない?」

「そ、それは……」

俺が口ごもっていると、雨音姉さんはくすっと笑った。

そして立ち上がる。

「冗談《じょうだん》。本気にしないで。晴人君が水琴さんを選ぶのはわかっているわ」

「えっと……」

「いいの。さ、片付けの続きをしましょう?」

雨音姉さんはさっぱり、明るい表情に戻っていた。

でも、それは無理をして作ったような笑顔《えがお》だった

雨音姉さんが俺を好きだとすれば、俺が玲衣さんと一緒にこの家に住むことは内心では許せないはずだ。夏帆たちだって、俺と玲衣さんの二人きりの同居を阻止《そし》しようとした。

たしかに、もともと、この家で俺と玲衣さんが同棲するように仕向けたのは、雨音姉さんだ。

ただ、最初は、屋敷《やしき》で酷《ひど》い扱いを受けていた玲衣さんを助けることが、俺と玲衣さんの同居の目的だった。

でも、今の俺と玲衣さんがこの家に戻りたい理由はまったく違う。お互《たが》いのことを……大事に思っているからだ。

俺も立ち上がり、片付けに戻ろうとする。

だが、ぐるぐると考えがめぐる。思考がまとまらない。

俺は雨音姉さんのことを考えるあまり、大事なことを忘れていた。

「あれ？　それ……」

雨音姉さんが小さくつぶやく。雨音姉さんの視線は俺の右手に注がれていた。そして、その手には雨音姉さんの日記がつかまれている。

しまった。すっかり日記のことを忘れていた。

慌てて隠そうとするけれど、もう遅《おそ》い。

「それ、私の日記！」

雨音姉さんがみるみる顔を赤くした。

「見たんでしょう？」

「見てないよ」

「絶対見たでしょ!?」

雨音姉さんが慌てて、俺から日記を奪おうとする。さっきも雨音姉さんは俺から取ろうとしたけれど、そのときはエロ本だと思っていたから（？）か余裕の表情で、からかうような感じだった。

でも、今は違う。必死に俺から日記を取り返そうとしていた。俺は窓際にふたたび追い詰《つ》められ、そして、雨音姉さんが強引に俺に手をのばす。

俺もとっさに渡《わた》さないようにと日記をぎゅっと両手でつかむ。

そして、もみ合いになった。雨音姉さんの端整《たんせい》な顔がすぐ近くまで来て、どきりとする。

俺は背に日記を隠《かく》すけれど、雨音姉さんの手が俺の背中に回りそうになる。

避《さ》けようとして俺は体勢を崩した。

「わっ……」

「えっ……きゃあああっ」

雨音姉さんが悲鳴を上げ、俺と一緒に床の畳へと倒《たお》れ込む。さっきと同じなのだが、今度は俺が雨音姉さんに覆《おお》いかぶさる形になっていた。

つまり、事故とはいえ、俺が雨音姉さんを押《お》し倒すような格好になっていたのだ。

雨音姉さんが「あっ……」と小さく吐息《といき》を漏《も》らす。その顔は赤くて、明らかに俺のことを意識していた。

日記は床に落ちていて、でも、もう俺も雨音姉さんもお互いのことしか見ていなかった。

「あ、雨音姉さん、大丈夫?」

「へ、平気。……晴人君に押し倒されていること以外は」

「押し倒したわけじゃなくて……」

ただ、俺の両手が雨音姉さんの両腕《りょううで》を押さえつける形になっている。無理やり押し倒したように見えるだろう。雨音姉さんの顔がすぐ目の前にあり、その柔らかそうな赤い唇《くちびる》が俺の顔に触れそうなほどの近さだった。

俺は混乱し、すぐに雨音姉さんから離れようとする。わざとじゃない。倒れたはずみだ。そう言い訳しようとした。

ところが俺が雨音姉さんの腕《うで》から手を離して起き上がると、雨音姉さんが右手でぎゅっと俺の手首を握《にぎ》った。まるで「離れないで」とでも言うように。雨音姉さんの手はとても柔らかくて、温かかった。

結果として、俺は雨音姉さんを組《く》み敷《し》いた体勢のままになる。

そして、雨音姉さんは俺をまっすぐに見つめた。

「一緒に住んでいたときは、一度だって、こういうことをしてくれたことなんてなかったのに」

雨音姉さんは小さくつぶやいた。

「……雨音姉さんはさ、こういうことをしてほしかったの？」

「ち、違うわ」

「なら……」

言葉とは裏腹に、雨音姉さんの手は俺をつかんで放さない。

雨音姉さんがぎゅっと目をつぶる。まるで俺を受け入れるように。

「水琴さんにすること、私にもする？」

雨音姉さんがささやく。それはきっとキスしたり……ということで。

もしそうすれば、引き返すことはできなくなる。

従姉弟ではなく異性として互いに触れるということだから。

どうすれば、俺は雨音姉さんを傷つけないでいられるのだろう？

ここで雨音姉さんに何かしても、あるいは何もしなくても、元通りの関係ではいられない。

でも、俺は決断する必要はなくなった。

部屋の扉がばたんと開く音がしたからだ。

俺も雨音姉さんも二人してそちらを向く。

そこに立っていたのは、銀色の髪の美少女だった。清楚《せいそ》な雰囲気のブラウスにスカートを合わせた私服姿だ。

「は、晴人くん!?　それに雨音さん!?　何をして……」

顔を真っ赤にして、玲衣さんは言葉を失った様子で立ち尽くしてた。

玲衣さんはアパートの合鍵《あいかぎ》を持っている。俺も雨音姉さんも目の前の相手を意識するあまり、玄関の扉が静かに開いたことに気づいていなかったみたいだ。

まずい。

第三者——玲衣さんの目から見れば、絶対に誤解するだろう。

二人きりのアパートで、俺が雨音姉さんを押し倒し、あまつさえ胸も触《さわ》っている。

そういうことをしようとしていた、というふうに見られてもおかしくない。

玲衣さんがびしっと俺を指さして、目をぐるぐるとさせる。

「は、晴人くんの浮気者《うわきもの》！」

「ご、誤解だってば！」

「なら、なんでそんなことしているの……⁉」

俺と雨音姉さんは顔を見合わせ、慌てて立ち上がろうとするが……。

「ちょ、晴人君、くすぐったい！」

「あ、雨音姉さんこそ手を放してよ……」

「で、でも、あっ、晴人君。そこダメっ」

くんずほぐれつの状態の俺たちは、すぐに立ち上がることができなかった。

ちらりと玲衣さんを見ると、ますます玲衣さんは不機嫌《ふきげん》そうに頰《ほお》を膨《ふく》らませていた。

「は、る、と、くん？」

「これはわざとじゃなくて」

俺が慌てて玲衣さんに経緯《けいい》を説明すると、玲衣さんは納得《なっとく》したようだったけれど、ヤキモチを焼いたようにジト目で俺たちを睨《にら》んでいた。

また俺は立ち上がるのに失敗して、雨音姉さんが「ひゃうっ」と悲鳴を上げた。

試行錯誤《しこうさくご》しながら、俺は玲衣さんに気になったことを尋《たず》ねる。

「というか玲衣さんこそ、どうしてここに？」

「そ、その……ちょっと体調が悪くて、遠見家の人たちに病院に連れて行ってもらったの」

「え⁉　大丈夫？」

「う、うん。それはもう落ち着いたんだけど、その帰りにね、忘れ物があるからアパートに寄りたいって運転手の人にお願いしたの」

「忘れ物……？」

「ほ、本当は晴人くんと雨音さんが、二人きりなのが心配になったの」

そういうことか、とようやく納得する。玲衣さんは遠見家の管理下に置かれているから、気軽には外出できないし、このアパートに戻ってくるのは難しい。だから、忘れ物という口実でここに来たらしい。

遠見家の使用人の運転手兼《けん》護衛が、車を停めてアパート下の路上で待っているとのことだった。

とはいえ、体調が悪かったのは本当みたいだし、大丈夫だろうか……？

心配だけど、ともかく、まずは俺が立ち上がらないと……。

そうこうしているうちに、玲衣さんは床に投げ出されている日記に気づいたようだった。

なんだろう？という表情で拾い上げると、おもむろにページをめくる。

俺と雨音姉さんが止める暇《ひま》もなかった。玲衣さんも日記とは思わなかったのだろうけれど……。

目を通した玲衣さんが、顔を上げ、びっくりしたように俺と雨音姉さんを見比べる。

雨音姉さんは恥ずかしそうに顔をそむけた。

一方、玲衣さんもとてもうろたえていた。

気持ちはよくわかる。たしかに、玲衣さんは、雨音姉さんが俺を好きかもしれないとは言っていた。

けれど、日記からあふれる熱量のある愛を見て、衝撃を受けているのだと思う。雨音姉さんが、俺にここまで強い好意を持っているとは誰《だれ》も思っていなかったわけで……。

玲衣さんはぱたんと日記を閉じた。ほぼ同時に、俺と雨音姉さんはなんとか立ち上がる。

気づくと、玲衣さんが雨音姉さんの正面すぐ近くまで来ていた。

そして、玲衣さんが雨音姉さんをまっすぐ見つめる。雨音姉さんは気圧《けお》されたように一歩後退した。

「やっぱり雨音さんも晴人くんのことが好きなんですね」

「ち、違《ちが》うの。この日記は……えっと、その……冗談で書いただけで……」

「そんな嘘《うそ》、わたしも晴人くんも信じないと思います」

普段はクレバーで余裕《よゆう》たっぷりの雨音姉さんが、完全にテンパっていた。

反対に、いつもは控《ひか》えめな玲衣さんからは、「ごまかされないぞ」という強い意思が感じられた。

俺は二人を見比べて、はらはらする。玲衣さんと夏帆はいつもバチバチと火花を散らしているけれど、玲衣さんと雨音姉さんの関係について俺は考えたこともなかった。

玲衣さんからしてみれば、雨音姉さんはこのアパートという逃げ場を作ってくれた恩人だった。雨音姉さんからしてみれば、玲衣さんは保護すべき気の毒な女の子だったのだろう。

けれど、今や立場がまったく違う。

雨音姉さんからしてみれば、玲衣さんは脅威《きょうい》だ。俺は、雨音姉さんに「玲衣さんと二人きりでここに住みたい」と言ってしまった。

このアパートでの居場所も、そして俺の家族という立場もすべて、雨音姉さんは玲衣さんに奪われてしまうことになる。

一方、玲衣さんからしてみても、雨音姉さんは最大のライバルになる。俺の家族としてずっとそばにいたわけだし、玲衣さんの部屋だって元はと言えば雨音姉さんの部屋なのだから。

雨音姉さんが恋敵《こいがたき》なら、玲衣さんはこの家に住むにあたり、雨音姉さんのことを意識せざるを得ない。

雨音姉さんの本心を知ってしまったから、すべての事情が変わってくる。もちろん、夏帆と雨音姉さんの関係も……。

雨音姉さんは、唇を噛み、そして絞《しぼ》り出すような声で言う。

「私は……べつに晴人君のこと、異性として意識していたりしない。だから、晴人君と水琴さんがこの家に戻《もど》るのにも協力してあげるわ。水琴さんも、その方が都合が良いでしょう？」

玲衣さんは、雨音姉さんを見上げ、そして首を横に振った。

「わたし、雨音さんには感謝しているんです」

「え？」

「この家の鍵《かぎ》をくれたのは、雨音さんでしたから。わたしを遠見家から守ってくれて、そして、晴人くんと出会わせてくれた。本当に、本当に感謝しているんです」

「……当然のことをしただけ。水琴さんが感謝すべきなのは晴人君で、私じゃない」

「そうだとしても、感謝しています。だからこそ、雨音さんには自分の気持ちに嘘をつかないでほしいんです」

「嘘？　私は嘘なんてついていない！　勝手なことを言わないで！」

　雨音姉さんが感情的に玲衣さんを睨み返す。

　けれど、玲衣さんも一歩も引かなかった。

「なら、どうして晴人くんのことを好きでない、なんて言うんですか？」

「……私は晴人君に幸せになってほしいの。ただ、それだけ。私が一番つらかったとき、晴人君は私を救ってくれた。だから、今度は私が晴人君を助けてあげる番」

「それなら――」

「でも、私の気持ちなんて必要ないし、私は晴人君の一番になりたいわけじゃないの。水琴さんでも、夏帆でも、他の子でも、晴人君が一番幸せになれる子を選べばいいと思う」

「わたしだって、晴人くんに幸せになってほしいんです」

「……どういう意味？」

「雨音さんが晴人くんのことを好きで、晴人くんが雨音さんを選ぶなら——わたしは受け入れます。だって、それは晴人くんが選ぶべきことだもの」

「だけど……」

「雨音さんが晴人くんのためを思っているのはわかります。でも、選ぶのは晴人くん。そうでしょう？」

そして、玲衣さんは俺を振り返った。

「晴人くんは、どう思う？　ううん、どうしたい？」

俺の望みはなんだろう？　もちろん、玲衣さんと一緒にこの家に戻りたいのは確かで、その目的のためには、雨音姉さんに協力してもらう必要がある。

だけど、それ以前に、雨音姉さんは俺にとって大事な女性の一人だった。

「雨音姉さんが我慢《がまん》しているっていうなら、自分の望みを犠牲《ぎせい》にしているなら、俺は嫌《いや》だよ。雨音姉さんの気持ちを無視して、俺はこの家に戻るつもりはない」

次の瞬間《しゅんかん》、雨音姉さんは俺の胸《むな》ぐらをつかんだ。避けることもできたし、さっきみたいに突《つ》き飛ばすこともできたと思う。

でも、俺はそうしなかった。雨音姉さんは悲しそうな目で俺を見つめる。

「だったら！　晴人君は私を選んでくれるの？　私とだけ、この家に住んでくれる？」

「それは……」

「そう言ってくれなかったら、何の意味もないじゃない！　私は水琴さんにも夏帆にもなれない。だから、私は晴人君の姉でいようとした。そうじゃなかったら、私は惨《みじ》めなだけだから……ずっと我慢してきたのに！　なのに、今更《いまさら》どうしてそんなことを言うの？」

俺は答えられなかった。

この状況《じょうきょう》に至ったのは、全部、全部、雨音姉さんの気持ちに気づかなかった俺のせいだ。

雨音姉さんの目には涙が溜《た》まっていて、そして俺を突き飛ばした。

やがて雨音姉さんは涙をぬぐうと玄関から出て行ってしまった。

後には俺と玲衣さんだけが残される。

どうして、こんなことになったんだろう？

俺は魂《たましい》が抜《ぬ》けたようにその場に座《すわ》り込む。俺は雨音姉さんを姉として頼《たよ》りにしていたし

……大好きだった。雨音姉さんも俺のことを好きでいてくれて、でもそれは異性としての好意だった。

どうしてお互いを大事に想っているのに、俺は雨音姉さんを傷つけてしまったのだろう。

このままだと雨音姉さんとは喧嘩《けんか》別れだ。もっと嫌な想像もできてしまう。

雨音姉さんが、本心を偽《いつわ》りながら、それでも俺と玲衣さんや夏帆のために協力してくれ

るという可能性だ。

本当は傷ついているのに、無理して笑顔を作って、俺たちの幸せを祈《いの》ってくれる。そんな立場に、俺は雨音姉さんを追い込みたくはなかった。

だけど、だからといって明確な解決策はない。もちろん、俺が雨音姉さんを一番だと言えればすべて解決なのだけれど……。

俺には、玲衣さんがいる。

俺はちらりと玲衣さんを見た。玲衣さんが心配そうに、青い瞳《ひとみ》で俺の顔を覗き込む。

「大丈夫？　晴人くん、ひどい顔色……」

「平気だよ。心配なのは、雨音姉さんだ」

「あまり自分を責めないで。晴人くんは悪くないと思うから」

「俺が一番悪いんじゃないかな」

ずっと雨音姉さんに俺は無神経なことをしてきた。雨音姉さんの気持ちも知らず、玲衣さんや夏帆のために協力をお願いしてしまって、この家に玲衣さんと一緒に住みたいなんて言ってしまって……。

もし俺が雨音姉さんの立場ならとても苦しかったはずだ。

けれど、玲衣さんは首を横に振った。そして、眉《まゆ》を下げて、申し訳なさそうな顔をする。

「悪いのは、わたし。わたしが雨音さんの居場所を奪っちゃったんだと思う……」

「玲衣さんは気にしなくていいよ。俺も雨音姉さんも納得してそうしたことなんだから」

玲衣さんをこの家に受け入れるのは、雨音姉さんがお膳立《ぜんだ》てしたことだ。もちろん、俺の父さんの意向もあったたし、玲衣さんを保護する必要があったからだとは思うけど……。

そもそも問題はもっと前からのことだ。俺と雨音姉さんの疑似姉弟《ぎじしてい》関係は五年前からずっと続いている。

俺はその関係が心地《ここち》よかった。雨音姉さんにからかわれて、甘やかされて、時には俺が雨音姉さんの支えになって……。

でも、雨音姉さんにとって、それが違ったとしたら。

やっぱり、俺は雨音姉さんと話さないといけない。このままではダメだ。

どうすればいいかはわからないけれど……。傷ついた表情で、逃げるように去った雨音姉さんを放っておくことなんてできなかった。

俺は雨音姉さんの「弟」なのだから。

俺が立ち上がると、玲衣さんが俺の服の袖《そで》をつまんだ。

そして、不安そうに、俺を見つめる。

「雨音さんを追いかけるの？」

「うん。玲衣さんは……反対？」

玲衣さんは目を伏《ふ》せた。それから、一歩こちらに近づく。そして俺の胸に顔を埋《う》めた。

玲衣さんのきれいな銀色の髪から、ふわりと甘い香《かお》りがする。玲衣さんの行動に俺はどきりとさせられる。

「え、えっと……」

「ほんとは、晴人くんに雨音さんを追いかけてほしくない。だって、雨音さんは晴人くんの一番大事な人だから……晴人くんを取られちゃう気がするの」

「玲衣さん……」

「でもね、大事な人が泣いているのに、放っておくなんて、晴人くんらしくないよ。だから、雨音さんを救ってあげて。雨の中、わたしを追いかけてくれたときみたいに」

玲衣さんはそうつぶやくと、俺の背中に手を回し、ぎゅっと抱きついた。

俺は雨音姉さんだけじゃなくて、玲衣さんも不安にさせてしまっている。

罪悪感を覚えたけれど、顔を上げた玲衣さんは、微笑《ほほえ》んでいた。

「大丈夫《だいじょうぶ》。晴人くんが最後に選んでくれるのは、わたしだって知っているから。ね？」

玲衣さんは自信たっぷりに言う。その左手の薬指には、銀色の指輪が輝《かがや》いていた。

それは俺に片方を渡してくれた、両親の形見の結婚《けっこん》指輪だった。

「わたしは、雨音さんよりも晴人くんにとって大事な存在になるの。いつか晴人くんがこの指輪をはめてくれるって……信じてる。だから、今は雨音さんのもとへ行っていいよ」

そう言って、玲衣さんは右手を伸ばし、俺の頬を優しく、そっと撫でた。

第三話 もう「従姉」ではいられない ―――――――――――――― chapter.3

雨音《あまね》姉さんはどこへ行っただろうか？

携帯《けいたい》にかけても出てくれない。夜も遅いし、不安になる。

この街はそんなに治安も良くないし、雨音姉さんみたいな美人が一人で出歩いていたら、危険なこともあると思う。前に玲衣《れい》さんが襲《おそ》われそうになったこともあったし……。

それに、雨音姉さんはコートも羽織らずに薄着《うすぎ》で衝動的《しょうどうてき》に出ていってしまった。薄手《うすで》のTシャツにカーディガン、ショートパンツという格好なので、風邪《かぜ》を引かないか心配だ。

一応、雨音姉さんのコートも持ってきている。

「雨音姉さんの行きそうなところ、か……」

俺はアパートの階段を下りながら、考える。

俺と顔を合わせたくないだろうから、遠見《とおみ》の屋敷には戻らないだろう。

だからといって、他に行く所があるだろうか。友人の家に泊《と》まるのも考えられるけれど……。

ずっと一緒にいたのだから、こういうとき、雨音姉さんがどこに行くか、想像できてもよいはずだ。

そのぐらい長い時間を、俺《おれ》たち二人は共有していた。

自然と俺の足は、アパートに面した坂道を上がっていく。この街は坂が多い。そして、近所の坂の上には公園があったはずだ。

雨音姉さんのお気に入りの場所で、小学生だった俺を、女子高生の雨音姉さんがよく連れて行ってくれたっけ……。

数分ほどで、高台の公園につく。

見晴らしも良くて、夜景スポットと言えなくもない。

特にベンチの並んでいるあたりは、ちょうど坂の下が一望できる。休日にはたまにカップルもいたりする。

とはいえ、平日の夜遅《よるおそ》くだからか、誰も人はいない。

そんななかに雨音姉さんはいた。ベンチでぼんやりとひとり座り込《こ》んでいる。

その姿は、儚《はかな》げで、そして少し幼さすら感じて……。女子高生時代の傷ついて弱っていた雨音姉さんを思い出してしまう。

「……雨音姉さん」

俺が声をかけると、雨音姉さんはびっくりした様子で立ち上がり、慌《あわ》てて逃げ出そうとする。

でも、逃がすわけにはいかなかった。俺は雨音姉さんの腕をつかむ。

「……っ！　放してよ！」

雨音姉さんは俺の手を必死に振《ふ》りほどこうとする。俺は慌てて引き留めようとし、結果として雨音姉さんを正面から抱き寄せるような格好になった。

「あっ……」

雨音姉さんが口に手を当て、恥ずかしそうに目をそらす。

「晴人《はると》君……」

「ご、ごめん。わざとじゃないんだ。雨音姉さんと話がしたくて」

「……普段《ふだん》だったら、私がハグとかしているところだよね。でも、もうできないな」

「どうして？」

「だって、晴人君に……君に私の気持ちを知られちゃったわ。もう今までと同じように、冗談ではできないから」

「そっか」

「逃げたりしないから、放してくれる？」

俺は雨音姉さんの求めに応じて、その身体を解放した。

雨音姉さんが、はあっとため息をつく。そして、いつもみたいないたずらっぽい笑《え》みを浮《う》かべた。

「知ってると思うけど、ここって一応、デートスポットなんだよね」

「まあ、カップルを見かけたりもするよね。今はいないみたいだけど」

「ここに一組いるでしょう?」

「え?」

「私たちも抱き合っていたから、カップルに見えるかも」

雨音姉さんの言葉に、俺はうろたえる。一方、雨音姉さんは恥ずかしがる様子もなく、しれっとしていた。

「あの恥ずかしい日記を見られたわけだし。考えてみれば、もう私は無敵よね!」

「た、立ち直りが早いね……」

「……全然、立ち直れてないよ。人生で一番ショックかも」

雨音姉さんは小さな声で、そう言った。俺は無神経なことを言ったな、と後悔《こうかい》する。

「えっと、風邪ひくよ」

俺は雨音姉さんにコートを差し出した。雨音姉さんはコートを受け取り、ふふっと笑う。

「君は優《やさ》しいね」

俺と雨音姉さんは、自然と、公園の柵《さく》の向こう、坂の下の夜景を二人で眺《なが》めた。

目の前には「夜景」というのもおこがましいような、住宅街のまばらな光があるだけだ。

大都会の大学に通い、今ではアメリカに留学すらしている雨音姉さんからしてみれば、こんな夜景、1ドルの価値もない気がする。

けれど、雨音姉さんはふわりと笑った。

「私、この風景が好き」

「どうして？」

「生まれ育った町に戻ってきたって気がするから。それに、この風景はいつも君と一緒に見ていたものだから。ね？」

雨音姉さんが甘えるように俺を見る。

俺はうなずいて、「そうだね」と言った。

「俺はずっと、雨音姉さんと同じ風景を見てきたつもりだった。でも、違ったのかもしれない」

雨音姉さんは虚《きょ》をつかれたように目を見開き、そして、寂《さび》しそうに微笑んだ。

「そう。私はずっと君に隠し事《ごと》をしていた」

「日記を読んだのは本当にごめん。そんなつもりはなかったんだ」

「いいの。置いてあったのは私のミス。全部回収していたはずだったのにね。これで『家族ごっこ』もおしまいね」

「え？」

「もともと私たち従姉弟《いとこ》よね。あの火災さえなければ、本当は普通《ふつう》の親戚《しんせき》だった。一緒に暮らすことなんて、なかったと思う。私は君の本当のお姉さんではなくて、ただの偽者《にせもの》」

「っ……！　そんなことないよ！　雨音姉さんは俺の大事な家族だ」

「私が君にそう言わせた。私は両親を失って家族もいなくなっちゃって、だから君を代わりにした。家族ごっこに付き合わせちゃってごめんね」

「どうしてそんなことを……」

「言うのかって？　だって、これは事実よ。私のエゴに君を付き合わせた。そうしなければ、十五歳《さい》の私は耐《た》えられなかったから。お父さんもお母さんもいなくなって、親戚の家に引き取られて、一人ぼっちの私は、君という『弟』がいなければ耐えられなかったから」

「それは俺も同じだよ。雨音姉さんがいたから、俺は……母さんがいなくなっても、耐えることができた」

「いいえ。君には他にも大事な人がたくさんいたでしょう？　叔父様も、夏帆《かほ》も、夏帆のお母様もみんな君の味方だった」

「それは……そうだけど。でも、雨音姉さんがいてくれて、俺は本当に救われたんだよ」

「君がそう言ってくれて良かった」

雨音姉さんはふわりととても綺麗《きれい》な笑みを浮かべた。それは俺が今まで見た雨音姉さんの表情で、一番大人びていた。

思わず、どきりとする。俺は雨音姉さんをずっと「姉」として見てきたはずだ。でも、今の俺は……。

そこで、俺はさっきから感じていた違和感《いわかん》の正体に気づく。

「どうしてさっきから、俺のことを『君』って呼ぶのさ？　どうしていつもみたいに『晴人君』って名前で呼ばないの？」

「だって、私にはもうその資格はないわ。私は君のお姉さんではいられない。なのに、君を弟みたいに名前で呼ぶ資格はないから」

「……俺は雨音姉さんの弟だ」

「私は君の姉じゃない。私はね、卑怯《ひきょう》なの。君のお姉さんだから、私には居場所があった。だから、私はその役割を演じた。君と夏帆の仲を応援《おうえん》して、水琴《みこと》さんを助けてあげて、そうしていれば、私は君の頼れるお姉さんでいられる。自分の気持ちに嘘をついて、ずっとずっと、この先も君のお姉さんでいるつもりだった。君は、私にこの先もそうするべきだと言うの？」

「俺はそんなこと言ってないよ。俺は雨音姉さんに無理なんてしてほしくない。幸せでいてほしい」

「でも、その無理をしないと、私は君の姉ではいられない。日記を見られたのなら、なおさら。日記にどんなことが書いてあったか言ってくれる？」

「それは、その……誕生日パーティーを開いたことを喜んでくれたりとか……」

「もっといろいろ書いてあったでしょう？　私が夏帆に嫉妬《しっと》したり、下着を洗ってもらうのに照れたり、晴人君の布団《ふとん》に忍《しの》び込む妄想《もうそう》をしたり……ね？」

雨音姉さんはいたずらっぽい笑みを浮かべてみせる。でも、その表情は作り物みたいで、まさしく無理をしているように見えた。

俺が答えられずにいると、雨音姉さんは無表情になり、そして天を仰《あお》いだ。

「今までどおりってわけにはいかないよね。大丈夫、安心して。アメリカから戻ったら、アパートからは出ていくから」

「え？」

「そろそろ日本でも一人暮らししなきゃと思っていたし。それに、就職したら、たぶん東京に行くわ。だから、君と水琴さんのラブラブ同棲生活《どうせい》を邪魔《じゃま》したりしないから」

「で、でも……」

「そうすれば万事《ばんじ》解決。あ、琴音《ことね》さんとの婚約《こんやく》だけはなんとかしておいてあげる。私の最後の恩返し。それが終わったら、遠見の屋敷《やしき》からも出ていくかも。そしたら、もう会うこともほとんどなくなるかも……」

雨音姉さんはそうつぶやいた。

きっと雨音姉さんは本気で言っている。でも、そんなのは嫌だった。ずっと家族だと思っていた大事な相手と、こんな形で決別するなんて俺は嫌だ。

だからといって、俺は雨音姉さんを引き留めるための正しい言葉なんて持ってない。

俺は雨音姉さんを異性として好きとも言えない。無理をして姉として振る舞《ま》ってくれ、とも言えない。

それなのに、俺が言えることなんてないかもしれない。

でも……。玲衣さんは言っていた。どうするかを決めるのは、俺なのだ、と。

雨音姉さんがくるりと俺を振り向く。ふわりときれいな黒い髪《かみ》が揺《ゆ》れた。

そして、雨音姉さんは泣きそうな笑顔《えがお》で俺を見つめる。

「最後に一度だけ、名前を呼ばせて。晴人君……私は晴人君にとって、良いお姉さんだった？」

「とても、とても良い姉だったよ」

「お世辞でもそう言ってくれて良かった。迷惑《めいわく》をかけないように、私はいなくなるから……」

「迷惑かどうかは、俺が決めることだ」

「え？」

「雨音姉さんがいてくれて、迷惑だと思ったことなんて、ただの一度もないよ。雨音姉さんがいてくれたから、今の俺がいる。俺にとって雨音姉さんは理想の姉だったんだ。一緒《いっしょ》の家で暮らして、互《たが》いのおすすめの本を読んで、ゲームで遊んで、釣《つ》りにも連れて行ってくれて、映画や図書館に行くのも一緒だった。全部、全部、雨音姉さんがいてくれたから、過ごせたかけがえのない時間だよ」

「そ、そっか。でも、今の私は、日記を見られているし……私なんかがそばにいたら、気持ち悪いでしょう？」

「そんなことあるわけない。雨音姉さんに好きだと思ってもらえて、俺は嬉《うれ》しいよ。雨音姉さんが卑怯だというなら、俺は身勝手だ。俺は雨音姉さんに今でも姉でいてほしいと思っているんだから」

雨音姉さんはびくりと震《ふる》える。

迷うように、雨音姉さんは目を泳がせた。もう一押《ひとお》ししてみる。

「それが雨音姉さんを傷つけるって、俺はわかってる。でも、俺にとって、雨音姉さんがいなくなるなんて、考えられないよ。これからも、俺はずっと雨音姉さんの弟で、一緒に生きていくんだと思ってた。だって、雨音姉さんは俺の大事な家族なんだから」

しばらく、俺も雨音姉さんも何も言わず、沈黙《ちんもく》がその場を支配する。高台の公園には冷たい風が吹《ふ》き付けているけれど、俺はまったく気にならなかった。まるでこの世界には俺と雨音姉さんしかいないようにすら思えてくる。

やがて、雨音姉さんはくすっと笑った。

「君はずるいな。そう言われたら、私は君のそばにいたいと思ってしまう」

「それが雨音姉さんを傷つけるとわかってはいるよ。だって、俺は……」

「私の気持ちには応《こた》えられない。そうでしょう?」

「そう……だね」

俺はうなずく。俺には玲衣さんたちがいて、雨音姉さんを異性として選ぶなんて無責任なことは言えない。

でも、姉ではいてほしい。これは俺の本当に身勝手でわがままな願いだ。

「だから、雨音姉さんが俺なんかを弟だと思うのが嫌だって言うなら、そうしていいよ。決めるのは雨音姉さんだ」

「そうね。ねえ、晴人君。君は私にとっても、理想の弟だったよ」

雨音姉さんは明るい笑顔で言う。

てっきり俺は雨音姉さんが姉として戻ってきてくれるんじゃないかと俺は期待する。けれど、雨音姉さんは首を横に振った。

「晴人君の従姉は私だけ。それは私だけの特権だけど……でも、やっぱり、私は君のお姉さんではいられないわ」

「そっか」

「だからね、私ももう自分の気持ちに嘘をつかない。それが身勝手でわがままなことであっても……」

雨音姉さんは急に俺に手を伸《の》ばし、そして両腕《りょううで》を俺の首に絡《から》ませた。いつもみたいにハグされる、と思ったけれど、違った。

次の瞬間には、雨音姉さんの唇《くちびる》が、俺の唇に重ねられていた。

とっさのことで、抵抗《ていこう》もできなかった。雨音姉さんのキスは情熱的で、その柔《やわ》らかくて大きな胸は俺の身体に押《お》し当てられていて……。

女性特有の甘《あま》い香りに、俺は雨音姉さんを強烈《きょうれつ》に「女」として意識させられた。

もう姉ではいられない。雨音姉さんの言葉の意味を俺は理解した。

もう、俺も雨音姉さんを姉ではなく、異性としてしか見られないかもしれない。

やがて雨音姉さんはキスを終えた。でも、俺から離《はな》れず、抱《だ》きついたままだ。

すぐ目の前、雨音姉さんの顔は真っ赤で、甘えるように俺を見つめている。

「ファーストキス、あげちゃった」

「ファーストキス⁉」

「だって、私、ずっと前から晴人君のことが好きだったから。……もっと早くこうしていればよかったな。そうすれば、私も晴人君のファーストキスをもらえたのに」

「俺のファーストキスなんて、そんなに価値はないと思うな……」

「私や水琴さんにとっては、価値があると思うけど。夏帆にとられちゃったんだよね。まあ、でも、これからは……私が晴人君の初めてになるんだから」

そして、雨音姉さんは深呼吸をした。そして、恥《は》ずかしそうに俺を上目《うわめ》遣《づか》いに見る。

「私は晴人君のこと、大好き。それが私の本当の気持ち」

「えっと、ありがとう……」

「変な晴人君。でも、照れちゃって可愛《かわい》いわ……」

雨音姉さんはくすっと笑うと、俺の頬《ほお》をそっと撫《な》でた。

俺は恥ずかしくなって、目をそらす。

これまでは、ただの姉弟《してい》としてのスキンシップ（？）だったけど、もう違う。

雨音姉さんは俺のことを好きで、俺も雨音姉さんを女性として見ている。

「まだ晴人君は水琴さんも夏帆も琴音さんも、誰のことも選んでいないのよね？　なら、私にだって、まだチャンスはあるよね？」

「えっと、それはそう……かも」

「今の言葉、忘れないでよね？　後悔しても知らないわ。私はもう晴人君のお姉さんじゃなくて、一人の女の子なんだから」

雨音姉さんは吹っ切れたように、明るい笑みを浮かべた。

そして、ますます強く俺をぎゅっと抱きしめる。

「絶対に放してあげないんだから。晴人君は私のものよ。絶対、絶対誰にも渡《わた》さないわ……！」

「あ、雨音姉さん……く、苦しい」

強く抱きしめられて、雨音姉さんの柔らかい部分を押し当てられ、俺は呼吸が苦しくなる。

激しい動悸《どうき》もするのは、きっと雨音姉さんのことを意識しているからだろうけれど。

雨音姉さんが「あっ、ごめんね？」と言うと、俺を抱きしめる力を緩《ゆる》める。

「放してほしいなら、一つお願いを聞いてほしいの」

雨音姉さんが甘い声で、俺の耳元でささやく。吐息《といき》がかかり、くすぐったい。

「お、お願い？」

「私はもう晴人君のお姉さんじゃないから、だから私のことは『雨音』って呼んで」

「で、でも……」

「できないなら、放してあげない。ずっとこのまま一晩抱きついたままだけど、いいの？

私のたった一つのお願い、聞いてくれない？」

「わ、わかったよ……雨音」

そう呼ばれた雨音姉さん……いや、雨音は幼い少女のようなあどけない表情で微笑む。

その表情がとても嬉しそうで、可愛くて、俺は見とれてしまった。

「呼び捨てで呼んでくれるわけ？」

「あっ……雨音さんの方がいいか。年上だし……」

「えー、呼び捨ての方が良かったのに」

甘えるように雨音さんは言うけれど、やっぱり、俺にとって雨音さんは年上の頼れるお姉さんで、呼び捨てにするのは抵抗がある。

そう言うと、雨音さんは「仕方ないか」とうなずくと、「いつか呼び捨てで呼ばれるような関係になってみせるわ」とささやく。

それはきっと、雨音さんと俺が恋人《こいびと》になったとき、ということだろう。

俺は自分の頬が熱くなるのを感じた。

やっと雨音さんは俺から離れ、そして、ばしっと俺の背中を叩《たた》く。

「さあ、少年。私たちの物語はこれからね。まずは晴人君と琴音さんとの婚約を解消しないと」

「きょ、協力してくれるの？」

「もちろん。でも、それは晴人君が夏帆とくっつくためじゃないし、水琴さんと同棲させるためじゃない。私が晴人君の一番になるために、必要なことだから」

「それって、つまり……」

「従姉弟って結婚できるのよ。知らなかった？」

「知っているけど、意識したのは今日だよ」

玲衣さんも言っていた。従姉ともはとことも結婚できるのだ、と。

雨音さんも玲衣さんも、俺と本気で結婚するつもりなのだ。

雨音さんは自慢《じまん》のスタイルを見せつけるように、胸をえへんと張る。

そして、とても楽しそうに俺に告げる。

「結婚すれば、姉と弟じゃなくて、夫婦《ふうふ》になるわけね！」

「ふ、夫婦⁉」

「今度は本物の家族になれるということ。その権利は水琴さんではなくて、ずっと晴人君のそばにいた私のものなんだから！」

雨音さんは宣言すると、幸せそうに頬を赤くして、俺を上目遣いに見つめた。

第四話　女神様vs従姉　chapter.4

秋原《あきはら》家のアパートに戻《もど》ると、玲衣《れい》さんがまだ待っていた。

本を手に持っていて、床《ゆか》の座布団《ざぶとん》に座り込んで目をつぶっている。体調が悪かったと言っていたので、一瞬《いっしゅん》、心配になるけれど、うつらうつらとしているだけみたいだ。

疲《つか》れて寝《ね》てしまったのかもしれない。

その可愛らしい寝顔《ねがお》を見てから、俺と雨音《あまね》さんは顔を見合わせる。そして、くすりと笑った。

心配なのは、雨音さんと玲衣さんの関係だ。雨音さんは俺への思いをストレートに出して、これまでとは立場を変えている。

玲衣さんは雨音さんにとって、恋敵《こいがたき》だし、敵意を剥《む》き出しにしたらどうしよう……？

けれど、雨音さんは笑って首を横に振った。

「そんなことするわけないじゃない。私は晴人《はると》君たちより五歳も年上なのよ？」

「年上の割には落ち着きがないような……？」

「あっ、晴人君ってばひどいんだから」

雨音さんがくすくすっと笑う。

「それにね、私が水琴《みこと》さんの味方をしてあげたかったのも、本当なの。だって、私は水琴さんとよく似ているし」

「雨音さんと玲衣さんが似ているって……すごく美人なところは似ているとは思うけど……」

俺はついうっかり口をすべらす。雨音さんはさっと顔を赤らめた。そして、恥ずかしそうにもじもじとする。

「女の子にそういうこと、平気で言うのは……よ、良くないと思うわ。晴人君の女たらし！」

「ご、ごめん」

「でも……なんか、晴人君に美人って言われると、とても嬉しい……」

「ま、前も言ったことあるような……」

そういうとき、雨音さんは余裕《よゆう》の笑みで、「晴人君も男の子ね！」なんて言ってからかうだけだった。でも、今の雨音さんは乙女《おとめ》のように恥じらっている。

「だって、そのときの私は『晴人君のお姉さん』だったもの。正直に思ったことを言えるはずもない」

それはそうかもしれない。今みたいに恥ずかしがっていたら、好意を持っているのがバレバレだ。

そして、俺への好意を隠《かく》す必要がなくなった以上、雨音さんのデフォルトは、こんなふうな甘えるような反応になるわけだ。

話がそれてしまった。

「似ているって、どういうこと？」

「一つは晴人君の言った通りなんだけどね。水琴さんも私もかなりハイスペックでしょう」

「自分で言う？」

「ただの事実よ」

しれっと雨音さんは言う。まあ、たしかに、美人で頭も良くて、学校一目立つ完璧超人《かんぺきちようじん》
……というところは昔の雨音さんと今の玲衣さんは共通している。

ただし、社交的な雨音さんと違《ちが》って、玲衣さんは人付き合いが得意ではなさそうだけど。

とはいえ、雨音さんも昔はそこまで対人能力が高かったわけでもない。

「それに、水琴さんも私も、事故で両親を失っているし」

はっとした。たしかにそうだ。雨音さんの両親は葉月《はづき》市の大火災で、水琴さんの両親は

船の事故で亡《な》くなっている。

　そして、雨音さんは俺の家で暮らすようになり、水琴さんは遠見《とおみ》の屋敷へ引き取られた。

　雨音さんが優しい目で俺を見つめる。

「あの事故は悲劇だったけど……でも、私は晴人君や叔父様《おじさま》と暮らせて、本当に良かったと思ってるの。晴人君たちは私を本当の家族みたいに扱《あつか》ってくれたから」

「雨音さんは俺の本当の家族だよ」

「ありがと。晴人君がそう言ってくれるから、私は幸せだった。でも、水琴さんはそうじゃなかったのよね」

　玲衣さんは遠見の屋敷で迫害《はくがい》を受けていた。異母妹の琴音《ことね》たちをはじめ、遠見本家の人間からは白眼視されていたのだ。

　誰《だれ》も家族と思えるような人間なんていなかったと思う。

　だからこそ、似たような境遇《きょうぐう》の雨音さんからしてみれば、放っておけなかったのかもしれない。

　雨音さんが身をかがめ、そして、ふわりと玲衣さんにコートをかけた。寒いから風邪を引くと思ったんだろう。

　雨音さんは、玲衣さんのきれいな銀色の髪をそっと慈《いつく》しむように撫でた。

そして、俺を振り返る。

「最後にもう一つ、共通点があったね。私も水琴さんも晴人君のことが好きなの」

そう言われて、俺はうろたえた。そのとおりなのだけれど、言葉にされると恥ずかしい。

「水琴さんや夏帆《かほ》は私のライバルだけど、私が一番年上なのは変わらないものね。だから、私がみんなを理不尽《りふじん》から守らなきゃ」

「水琴さんも雨音さんには感謝しているって言ってたよ」

「そうね。水琴さんとも仲良くできるといいんだけど。だって、私は昔、水琴さんに……」

雨音さんが何かを言いかける。以前から不思議だったのだけれど、雨音さんは玲衣さんに思い入れがあるようにすら思える。それは単に共通点があるだけじゃなくて、他にも理由があるんじゃないだろうか？

ところが、そのとき、眠《ねむ》っていた玲衣さんが目を覚ました。雨音さんは口を閉じてしまう。気になったけれど、また聞く機会はあるだろう。

「ううん……」

寝ぼけた様子で、玲衣さんがきょろきょろと周りを見る。

そして、俺と雨音さんを見上げ、びっくりした顔で青い目を見開く。

「は、晴人くん!?　それに雨音さん!?　帰ってたんですか……？」

「水琴さんってば、眠っちゃったんだ。意外と抜《ぬ》けていて可愛いよね」

雨音さんがからかうように玲衣さんに言う。玲衣さんは頬を赤らめる。

「そ、その……えっと……」

俺は玲衣さんの手に持っている文庫本のタイトルを見た。そこには『黒後家蜘蛛《くろごけぐも》の会2』と書かれていた。

たぶん部屋の本棚《ほんだな》から取ったんだろうけど、俺はちょっと驚《おどろ》く。

この本は俺の好きな推理小説だけれど、もう一つ重要な意味があった。

玲衣さんが最初にこの家に来る前のこと。俺は教室で玲衣さんに話しかけた。そのとき、玲衣さんが読んでいたのが、この『黒後家蜘蛛の会』の一巻目だったのだ。

そのとき、玲衣さんは「つまらない」と言っていた。なのに、どうして続きを読んでいるんだろう？

玲衣さんは申し訳なさそうな表情を浮かべる。

「勝手に本棚から取ってごめんなさい……」

「いいよ。待たせちゃって悪かったし、それは気にしてない」

ここは玲衣さんの家でもあるんだし、本棚の本ぐらい勝手に取ってもかまわない。

そう言おうと思ったけれど、隣《となり》にいる雨音さんの気持ちを考えると、俺は口ごもってしまった。

この本棚には、俺と雨音さんの共通の趣味《しゅみ》の推理小説が並んでいて、言ってみれば俺と雨音さんの共同生活の象徴《しょうちょう》だった。

それを勝手に触《さわ》られたら、雨音さんにとっては愉快《ゆかい》ではないかもしれない。

雨音さんはあまり気にしていなさそうだけれど、少なくとも「ここが玲衣さんの家」と言うのは避《さ》けた方が良さそうだ。

それより気になることがある。

「その本、一巻目は面白《おもしろ》くないって言ってたよね。なのに二巻目を読んでるの？」

『黒後家蜘蛛の会』は短編集で、日本語訳だと五冊が出ている。いつも決まったメンバーが食事をしながら、ちょっとした事件を解決していくミステリだ。

それぞれの短編は独立しているし、一巻目が面白くなかったら、二巻目を読むことはないと思う。

玲衣さんが上目遣いに俺を見て、ちょっと照れたように銀色の髪を指先でいじる。

「は、晴人くんが面白いって言ってたから、読んでみようかなって……」

「そうなんだ。でも、無理をしなくてもいいのに」

小説の面白さに絶対の基準なんてない。ある人が読んで面白い小説が、別の人が読んで面白くないのは普通にあることだと思う。

　趣味のかなり近い俺と雨音さんですらそうだった。だから、俺にとって面白い小説だからといって、玲衣さんが面白いと思う必要はない。

　でも、玲衣さんはふるふると首を横に振った。

「わたし、もっと晴人くんのこと、知りたいなって思ったの」

「お、俺のこと？」

「晴人くんが面白いって言うなら、どうして晴人くんが面白いと思うのか、知りたいなって。そうすれば、わたしは晴人くんのことをもっと知れて、晴人くんに選んでもらえる女の子になれる気がするの」

　そう言って、玲衣さんは微笑《ほほえ》んだ。

　玲衣さんは、夏帆の「恋愛《れんあい》の究極の目的はエッチ」という意見を否定して、選ばれることこそが幸せなのだと言っていた。

　その考えの表れが、この行動なのかもしれない。

　玲衣さんは甘えるように俺を見上げる。

「この本、借りてもいい？　一巻しか買っていなかったから」

「もちろん、いいけど」

「他にも晴人くんのおすすめを教えてほしいな。エッチなことなんてしなくても、わたしが選ばれる晴人くんの理想の女の子になるの。佐々木《ささき》さんよりも、琴音よりも……雨音さんよりも」

玲衣さんがちらっと雨音さんを見る。

雨音さんはふふっと笑う。

「それって、宣戦布告？」

「はい。……あの、晴人くんと仲直りしたんですか？」

「私はいつでも晴人君とは仲良しよ？」

「でも、さっきは……」

雨音さんが感情的になって出ていったから、玲衣さんも心配していたんだと思う。

けれど、雨音さんはくすっと笑うと、急に隣の俺を抱き寄せた。

むぎゅっと抱きしめられ、俺は赤面する

「ちょっ……あ、雨音さん⁉」

「晴人君ってすぐ赤くなって可愛い！」

「や、やめてってば！　玲衣さんの前だし……」

「水琴さんの前だから、やっているに決まっているでしょう？」

る。

そ、それはどういう意味……？と聞くまでもなかった。

雨音さんは俺《おれ》の背中に手を回したまま、水琴さんに見せつけるように俺に胸を押し当てる。

玲衣さんも顔を真っ赤にして、雨音さんを指差す。

「あ、雨音さん……そんなハレンチなの、ダメです……！」

「水琴さんだって、夏帆たちだって、これぐらい平気でしているでしょう？」

「で、でも、雨音さんは晴人くんのお姉さんでしょう？」

「それは、もうやめたの」

「や、やめたって、どういうことですか？　それに晴人くんも『雨音さん』って呼んでいたのは……？」

「晴人君も、私を『姉』ではなくて『女の子』として見てくれることになったの」

雨音さんはにっこりと笑って、そう言う。俺は慌《あわ》てて雨音さんを止めようとしたが、俺自身が抱きしめられている状況《じょうきょう》なので、どうしようもない。

玲衣さんが口をぱくぱくさせる。

「そ、それって……」

「ごめんね。水琴さんの言う通り、私は嘘《うそ》をつかないことにしたの。晴人君は私のものだから」

雨音さんは満面の笑みで宣言する。玲衣さんはショックを受けたように固まる。

「……っ！　は、晴人くん、もしかして、雨音さんに告白されて、受け入れちゃったの⁉」

「う、受け入れていないよ……えっと、でも、告白されたのはそうだけど……」

「そ、そうなんだ……あ、雨音さん！　それなら晴人くんを放してください！」

「どうして？」

「だって、晴人くんはわたしのものだもの！」

「晴人君は私のもの。ずっと晴人君のそばにいたのは、わたし。水琴さんよりも、夏帆よりも、私のほうが晴人君と過ごした時間は長いんだから」

「過ごした時間の長さよりも、大切なものがあるはずです」

「それって何？」

「そ、それは……」

「あとね、私は従姉で、水琴さんははとこでしょう？　私の方が晴人君との血のつながりだって強いの。晴人君の趣味だって、私の方がずっとよく知っている。年上だし、大人な美人だし！」

「じ、自分で言いますか？　それ？」

「水琴さんに勝つためなら、何度でも言うわ。つまり、私が晴人君の『理想の女の子』になれるってこと！」

雨音さんはやっと俺を開放すると、正面から玲衣さんに向き合った。玲衣さんも雨音さんに詰《つ》め寄る。

「それでも、わたしは晴人くんを渡しませんし、ここはわたしの家です！」

「この家は私と晴人君の家。今も昔もね」

玲衣さんの青い瞳《ひとみ》と雨音さんの黒い瞳が互いを見つめ、バチバチと視線で火花を散らす。

今までは玲衣さんと夏帆が、あるいは玲衣さんと琴音がバトルすることは多かったけど、雨音さんはそんなみんなをくすくす笑いながら見守っていた。

でも、今や雨音さんも玲衣さんと対決している。そして、その理由は……俺なのだ。

目の前で従姉とはとこが言い争っているのを見て、俺はどうすればいいか、わからなくなった。

玲衣さんが俺をジト目で睨《にら》む。

「晴人くんは、わたしと雨音さん、どっちとこの家に住むつもりなの？」

「私も知りたいな。もちろん、従姉の私よね？」

玲衣さんはむうっと頬を膨《ふく》らませて、雨音さんはくすくすと笑いながら、俺を見つめる。

美少女と美人の視線が俺に注がれている。

俺は困ってしまって、壁際《かべぎわ》へと一歩後退する。玲衣さんも雨音さんも、一歩踏《ふ》み出して、俺を追い詰めた。

答えない、という選択肢《せんたくし》はなさそうだ。俺は「玲衣さんと……」と言いかけて、結局、勇気が出せなかった。

「えっと、その……どちらにしても、まずは琴音との婚約を解消しないと……この家には戻れないよね？」

玲衣さんと雨音さんは顔を見合わせる。二人とも「たしかにそれはそうだ」という表情だった。

玲衣さんはくすっと笑う。

「ごまかすんだね、晴人くん？」

「ご、ごめん……」

「いいもの。最後に晴人くんが選ぶのは、わたしだって信じてるから」

玲衣さんは胸にぎゅっと文庫本を抱きしめ、微笑む。

ちらっと雨音さんを見ると、雨音さんは優《やさ》しい視線で、俺と玲衣さんのことを見ていた。

雨音さんは、もう俺の姉ではない、と言った。そうは言っても、年上の雨音さんからしてみれば、俺たちは守るべき存在でもあるのだろう。

　雨音さんの好意に応えられないのに、これからも俺は雨音さんの力を頼《たよ》ることになる。俺はそのことに強い罪悪感を覚えた。

　すると、雨音さんがそっと俺に近寄り、耳元でささやく。

「気にしなくていいんだよ。これは私が決めたことなんだから」

「あ、雨音さん……」

「晴人君の考えていることは、何でもお見通しなんだから。心配しないで。晴人君は私に甘えていいのよ？」

　片目をつぶって、雨音さんがウインクする。

　その可憐《かれん》な表情に、俺は惑《まど》わされる。すいっと雨音さんは俺から離れると、媚《こ》びるように俺を見つめた。

「私を選んでくれたら、晴人君をいっぱい甘やかしてあげるんだけどな。水琴さんは晴人君に甘やかされるだけよね」

「わ、わたしだって、晴人くんを甘やかすことができます！」

「たとえば？」

　雨音さんに問われ、玲衣さんは固まってしまった。

きっと思いつかないんだと思う。

「えっと、えっと……」

玲衣さんが必死で考えて、「うーん」とうなっている。そんな玲衣さんの姿もいじらしくて可愛い……と思ったけど、口にしたら、玲衣さんと雨音さんから別々の意味で怒《おこ》られそうだ。

玲衣さんがぽんと手を打ち、ぱあっと顔を輝《かがや》かせる。

「手料理を作ってあげるとか！」

玲衣さんは「名案！」という顔をしていた。たしかに、女性の手料理を食べられるのは多くの男が喜ぶだろう。

けれど……。

「玲衣さんって、料理できないんだよね……？」

俺はつい、そう尋《たず》ねてしまう。玲衣さんは、うっと言葉に詰まる。

以前、お弁当について話したときにそう言っていた。そういえば、手作り弁当を俺が作るって約束したんだっけ。

玲衣さんが料理をできないのは、お嬢様《じょうさま》なのだから当然といえば当然だ。

夏帆やたぶん琴音も同じだし。

ちなみに、ユキは料理が得意で、他の面でも家庭的みたいだ。見た目のイメージどおりとも言える。

玲衣さんはちらりと俺を上目遣いに見る。

「こ、これから頑張《がんば》るもの……。ね、晴人くん、料理教えてくれる？　晴人くんのために手料理作ってあげたいから……！」

「もちろん。嬉しいよ。でも……」

玲衣さんに料理を教えるのはお安い御用《ごよう》だし、すごくカップルっぽいイベントな気もする。

ただ……。

「それって、結局、水琴さんが晴人君に甘やかされているんじゃない？」

雨音さんから鋭《するど》いツッコミが入る。そのとおり。俺が料理を教えると、結局のところ、玲衣さんが俺を甘やかす……という当初の趣旨《しゅし》からはズレている。

玲衣さんが「がーん」と音がなりそうな、ショックそうな表情を浮《う》かべた。

かわいそうなのでフォローしたいけど、フォローが思《おも》い浮かばない。

雨音さんは得意げにえへんと大きな胸を張る。そのはずみに胸が揺《ゆ》れて、俺は慌てて視線をそらす。

「私だったら、晴人君にいろいろしてあげられるわ。たとえば、マッサージをしてあげたり、料理だって少しはできるし。あ、あと、約束したよね？」

「……約束？」

「ほら、遠見家のお風呂《ふろ》に一緒に入って身体を洗ってあげるって言ったじゃない？」

「そ、そんな約束は……」

「したよね？　一緒に入って甘やかしてあげる」

ふふっと雨音さんは笑う。

たしかにそのとおりだった。

玲衣さんや夏帆と一緒にお風呂に入って、のぼせて倒《たお》れた後、雨音さんが看病してくれた。

そのときに、雨音さんが冗談《じょうだん》めかして、「一緒にお風呂に入る？」と言って俺はうなずいてしまったのだ。

あのときは半分、冗談だと思っていた。俺に向ける感情も、姉としてのものだと思っていた。

けれど、今となってみれば、あのとき雨音さんは玲衣さんや夏帆にかなり嫉妬《しっと》していたのだと思う。

今も割と本気で言っている気がする。目が真剣《しんけん》だから……。

「そ、そんなハレンチなのダメですから！」

玲衣さんが慌てて横から口をはさむ。雨音さんは肩《かた》をすくめた。

「水琴さんや夏帆が良くて、私がダメな理由ってないわ」

「そ、それは……そうですけど……」

「私に晴人君をとられちゃうって思っているんだ？」

「そ、そんなことありません……！」

「本当に？」

「ひ、卑怯《ひきょう》です。雨音さんみたいな大人の女性に迫《せま》られたら、晴人くんだって……」

そこで言葉を切ると、玲衣さんは頬を膨らませて、俺と雨音さんを見比べた。

「晴人くんと一緒《いっしょ》にお風呂に入るなら、そのときはわたしも監視《かんし》しますから！」

「か、監視!?」

俺が素《す》っ頓狂《とんきょう》な声を上げると、玲衣さんはきっぱりとうなずく。

「そうすれば、晴人くんが雨音さんに誘惑《ゆうわく》されるのも防げるはず……！」

「ゆ、誘惑って雨音さんはそんなこと……」

しない、と言おうと思って、雨音さんをちらりと見ると、雨音さんはにやりと笑う。

そんな表情でも美人だな、と一瞬見とれ、そして慌てて玲衣さんに視線を戻す。

玲衣さんはますます不機嫌《ふきげん》そうに雨音さんをジト目で見る。

「ほら、やっぱり誘惑するつもりなんですよね？」

「ただ甘やかしてあげるだけよ。でも、晴人君のしてほしいことなら、何でもしてあげちゃうかも」

雨音さんが俺の耳元でささやく。甘い吐息がかかってどきりとする。玲衣さんは顔を真っ赤にして「……っ！」と悔《くや》しそうにしていた。

「いいもの。エッチなことなんてしなくたって、晴人くんの心はわたしのものなんだから……！　わたしが晴人くんを一番大事にして、わたしが晴人くんに一番大事にされるんだもの」

「あれ、晴人君の気持ちを一番わかってあげられるのも、私なんだけどな。だって、私は晴人君と五年間も同棲《どうせい》していたのよ？」

「それは従姉弟《いとこ》が一緒に住んでいただけです！」

「それで、水琴さんは晴人君を甘やかす方法を考えついたの？」

そういえば、それが話の始まりだった。

玲衣さんと雨音さんの過熱するバトルのせいで、すっかり忘れていた。

玲衣さんは顔を赤くして、目を伏《ふ》せた。

「ひ、膝枕《ひざまくら》してあげる……」

小声で恥ずかしそうに言う。

俺は反射的に玲衣さんの膝《ひざ》のあたりを見てしまう。スカートの裾《すそ》から、ほっそりとした白い脚《あし》がちらりと顔をのぞかせている。

膝枕するということは、あの脚に俺の頭を載《の》せるのか……。想像するだけで、気恥《きは》ずかしくなった。

俺の視線に気づいたのか、玲衣さんも慌ててスカートの裾を両手で押《お》さえる。

でも、その表情はなぜか少し嬉《うれ》しそうだった。

「晴人くん……今、わたしの脚を見てたでしょ？」

「ご、ごめん。変な目で見て……」

「ううん、いいの。だって、今の晴人くんは、私のことを考えていたよね？　雨音さんのことじゃなくて」

「そうだけど……」

「それが嬉しいの」

えへへ、と玲衣さんが笑う。たしかに、雨音さんと一緒にお風呂、より、玲衣さんに膝枕してもらう方が魅力的《みりょくてき》かもしれない。

たしかに甘《あま》やかされているという感じもするし……ついでに健全でもある。

ふうん、と雨音さんが感心したように言う。

「なかなか考えたじゃない」

玲衣さんは胸に手を当てて、得意げな顔をする。

「晴人くんにしてあげるのは、膝枕だけじゃないよ。耳かきもしてあげて、優しく髪《かみ》を撫でてあげる。そうしているうちに晴人くんはわたしに甘えて、だんだん眠くなってきて寝ちゃうの。寝言《ねごと》で晴人くんが『俺には玲衣さんしかいないよ』って言ってくれて、そうしたらわたしが晴人くんにキスを……」

玲衣さんが、頬を緩めながら「えへへー」という感じで笑い、ひとり言のようにつぶやいている。

そして、俺と雨音さんの視線に気づき、急にはっとした顔になる。

途中《とちゅう》から心の願望がだだ漏《も》れだったらしい。玲衣さんは顔を真っ赤にして「い、今のは……」と言い訳しようとする。

そんなふうに玲衣さんが思ってくれるのは、俺にとっても気恥ずかしくて、そして嬉しいことだった。

雨音さんがジト目で玲衣さんを睨む。

「水琴さんって意外と妄想癖《もうそうへき》があるのね……」

「も、妄想《もうそう》じゃないです！　全部、現実になるんですから！」

「それで、本題は何の話だったっけ？」

「む、無視しないでください！」

玲衣さんの抗議《こうぎ》は、雨音さんにスルーされてしまった。かつて完璧《かんぺき》美少女だった玲衣さんだけど、俺が絡《から》むとポンコツになってしまっている気がする……。

「そう。晴人君と琴音さんとの婚約《こんやく》解消！」

雨音さんがポンと手を打つ。

遠見総一朗《そういちろう》が、かつて妹の秋原遠子《とおこ》とした約束。

それは秋原家の人間に目をかけてやってくれ、というものだった。

その結果、後継者《こうけいしゃ》不足の遠見家に俺が婿養子《むこようし》として迎《むか》えられることになった。

そして、俺の婚約者《こんやくしゃ》は、遠見家　嫡流《ちゃくりゅう》の琴音だった。遠見総一朗の長男の娘《むすめ》という意味では、玲衣さんも同じ条件だ。

ただ、玲衣さんは愛人の娘の非嫡出子だし、遠見一族の理解が得られないだろう。

だから、俺と琴音との婚約が取り決められたのだけれど……。

「琴音はすごく乗り気なんだよね」

困ったように、玲衣さんがきれいな眉《まゆ》をひそめて言う。

琴音さえ反対なら、事態はもっと簡単に解決していたはずだ。

遠見総一朗にとって琴音は大事な孫だし、その琴音が嫌《いや》がってまで、婚約を強行したりはしない。

ところが、当の琴音本人はノリノリだった。

琴音はこんな俺を好きだと言ってくれて、そして、婚約者になれて大喜びしていた。

遠見総一朗は、琴音の感情も考慮《こうりょ》に入れて、この婚約を決めたようでもあった。

琴音は俺と婚約者になれてハッピーで、遠見総一朗は家の将来のために必要な布石を打てる。

ただ、俺たちは困る。

「琴音が婚約者でいるかぎり、わたしは晴人くんと結婚《けっこん》できないもの！」

「け、結婚⁉」

俺はオウム返しに答えてしまう。付き合うとか恋人になるとか、そういう話を飛ばして結婚なのは気が早い……！

と思ったけど、これまでの玲衣さんの態度を思えば、驚くことはないのかもしれない。

結婚指輪までもらってしまったし。

ただ、雨音さんの前だから、玲衣さんも大胆《だいたん》な発言がちょっと恥《は》ずかしかったようだ。

玲衣さんは慌てふためいた様子でぶんぶんと首を横に振《ふ》った。

「け、結婚はすぐするわけじゃないけど……」

「へえ、私だったら晴人君と結婚してもよいんだけどな」

雨音さんが口を挟《はさ》み、そして、両腕《りょううで》を俺の背後から首に回し、ぎゅっと抱《だ》きつく。雨音さんが俺にしなだれかかるような体勢になり、その胸が俺の背中に当てられる。

「あ、雨音さん……俺たちは従姉弟で……」

「言ったでしょう？　私はもう『お姉さん』じゃなくて、『あなたに恋《こい》する女の子』なの。従姉弟は結婚できるんだから」

「で、でも父さんがなんていうか……」

「叔父様に結婚のご報告するところまで想像してくれたの？　嬉しいな」

「あ、雨音さん、俺をからかっているよね？」

「半分は本気よ？　叔父様もきっと喜ぶわ。実の息子《むすこ》が、娘みたいに育てた私と結婚するわけよね」

「そ、それは……」

言われてみれば、そうなのかもしれない。父さんは雨音さんを本当の娘のように大切に扱ったし、雨音さんも父さんを信頼《しんらい》しているようだった。

父さんからしてみれば、安心はできる……だろうけれど。

玲衣さんが「そんなにひっついちゃダメですっ！」と言って、俺と雨音さんを引き離《はな》そうとする。

ふふっと笑った雨音さんは、すぐに俺から離れた。

玲衣さんは焦《あせ》ったような表情を浮かべている。

「わたしだって、お父様に挨拶《あいさつ》しましたから！　それに、指輪だって……」

「指輪？　なんのこと？」

雨音さんがきょとんとした表情で、玲衣さんを見る。

玲衣さんは「あっ」とつぶやいた。指輪のことは内緒《ないしょ》のはずだ。

けれど、玲衣さんはにっこりと自信たっぷりな笑《え》みを浮かべた。

「それはわたしと晴人くんだけの秘密です」

「ふーん」

雨音さんは不満そうに俺たちを見比べたが、それ以上追及《ついきゅう》しなかった。

代わりに雨音さんが俺の耳元に口を近づけ、「私もおそろいのペアリング買ったら、つけてくれる？」なんてささやく。

驚いて雨音さんを見つめると、俺から離れた雨音さんは唇《くちびる》に人差し指を当てて、「冗談」とふふっと笑う。

そして、雨音さんは急に真剣な表情になる。

「ともかく、琴音さんとの婚約解消は絶対に必要よ。それは私たち三人、そして夏帆にとってても共通だと思うの。それに私にはもう一つ大事な理由がある」

「理由？」

「琴音さんを婚約者にすると、晴人くんが不幸になるかもしれないから」

「たしかに琴音は玲衣さんの敵だったし、それは大問題だけど、今のところ俺に危害を加えたりする様子はないよ」

「琴音さん自身は問題ではないの。あの子は、大金持ちの家に生まれただけで、普通《ふつう》の女子中学生」

「それなら、どうして俺が不幸になるの？」

「琴音と婚約すれば、遠見家の問題を背負わされることになるわ。知っているでしょう？遠見グループの企業《きぎょう》の経営は傾《かたむ》いているし、それに、葉月市の大火災も……」

葉月市の大火災は、俺の母さんと雨音さんの両親が亡くなった事故だ。

市内の中心市街地の広範囲《こうはんい》に延焼《えんしょう》したが、火元は遠見グループのショッピングモールだとされていた。

「結局うやむやにされたけど、あの火災は遠見グループの安全管理に原因があると思ってる。私のお父さんやお母さん、晴人君のお母様を奪《うば》った遠見グループに、晴人君が婿養子として入るなんて、私は反対」

雨音さんははっきり言った。

そんなふうに雨音さんは考えていたんだ。俺はちょっと驚く。

たしかにあの事故は俺から母さんたちを奪った。今でもあの日のことは覚えている。

俺も父さんも雨音さんも、みなが不幸になった。だが、それを遠見家と結びつけて考えたことはなかった。

発表では、火元からあそこまで延焼して大火災となった理由は不明だ。ショッピングモールにしても、最初に火事が起きたモール内の専門店は、遠見家の経営じゃない。個人の飲食店だったはずだ。

だから、遠見家に大きな責任があるとは俺は考えていなかった。ところが、雨音さんは違《ちが》うらしい。

「遠見家が隠蔽《いんぺい》したの。信用失墜《しっつい》と巨額《きょがく》の損害賠償《ばいしょう》責任を回避《かいひ》したわけ。本当だったら、あのとき遠見家の命運はつきていたはず。旧態依然《きゅうたいいぜん》とした遠見グループの同族経営は終わっていたはずだったの」

もし五年前の火事のときに遠見グループが破綻《はたん》していれば、玲衣さんや琴音には、まったく違う運命があったはずだ。遠見家の令嬢《れいじょう》として生活を送ることもなかったと思う。

そして、俺の母を死なせた原因を作ったのは、遠見家だということになる。

雨音さんはそっと俺の頬《ほお》に触《ふ》れる。

「もし晴人君が琴音さんの婚約者になれば、一生を遠見グループに縛《しば》られる。あの陰湿《いんしつ》な一族のせいで、晴人君が不幸になるなんて、そんなの、私は耐《た》えられない」

雨音さんは絞《しぼ》り出すような声で言う。

たしかに、琴音との婚約は「琴音と結婚する」ことだけを意味するわけじゃない。

遠見総一朗も言っていたとおり、それは遠見グループの後継者候補になることを意味した。

一族の他の後継者候補は、遠見総一朗のお眼鏡にかなわないらしい。ただ、俺もそんな親族たちよりも優秀《ゆうしゅう》であることを示し続けないといけない。

首尾《しゅび》よく正式に後継者になっても、今度は斜陽《しゃよう》の遠見グループを経営するという難題が待ち受ける。

そして、すべてが上手《うま》く行ったとしても、仮に雨音さんの言うとおりなら、遠見家は俺の母を、雨音さんの両親を死なせた仇《かたき》だ。俺は、優しかった母さんの笑顔《えがお》を思い出す。

あの火災がなければ、俺も雨音さんも、もっと幸せでいられたかもしれない。

それなのに、火災を引き起こした遠見家のために、俺は力を尽《つ》くすことができるのだろうか？

「私は、晴人君には幸せでいてほしい。大事な従弟《いとこ》で、今は好きな人だから」

さらっと雨音さんは言い、ふふっと笑う。

俺はその言葉に頬が熱くなるのを感じた。

雨音さんが俺を大事に思ってくれていることは知っている。今も昔も。雨音さんのためにも、琴音との婚約を解消しないといけない。遠見家との関係を絶たないといけない。

玲衣さんはそんな俺たちをじっと見て、黙《だま》っていた。いつもだったら、雨音さんに対抗《たいこう》してなにか言うところなのに、少し様子が変だ。

「玲衣さん、どうしたの？」

「え？　ううん……なんでもない。少し考え込んでいて……」

「なにか心配なことがある？」

「気にしないで」

玲衣さんは微笑むが、絶対に何か思うところがあったのだ。葉月の火災の件だろうか。でも、この場で聞くより、あとで二人きりのときに尋ねた方が良さそうだ。

玲衣さんは深呼吸して言う。

「わたしも晴人くんと琴音の婚約解消には協力するから。そうしないと、この家に戻《もど》れないし」

「そうだね。普通の婚約解消だったら、俺が断る意思を示すだけでいいんだろうけれど……」

「琴音とお祖父様《じいさま》は、晴人くんとの婚約に強いこだわりがあると思うの。断ったら、強引《ごういん》な手段を使っても実現しようとするはず……」

玲衣さんを苦しめ、襲《おそ》わせたり拉致《らち》したりした、あの遠見家だ。権力を使って何をするかわからない。俺が抵抗《ていこう》すれば、玲衣さんや夏帆、雨音さんにも危害が加えられるかもしれない。

穏便《おんびん》に済まそうと思えば、琴音と遠見総一朗の同意を得るしかない。

ただ、それが難題だった。

とはいえ、遠見家当主で年配の遠見総一朗よりは、琴音を説得する方がまだ簡単な気がする。

琴音はわりと気分屋だし、今は俺を大好きと言ってくれるけれど、待っていればそのうち気も変わるんじゃないだろうか。

俺がそう言うと、玲衣さんと雨音さんは顔を見合わせた。

そして、二人は揃《そろ》ってこちらを向く。

「それはないと思う」「そのまま結婚しちゃうかも」

と口々に二人は言った。

雨音さんが人差し指を立てる。

「もちろん、可能性としてはあると思うけど、そのまま琴音さんが晴人君のことを大好きで結婚しちゃったらどうするわけ？」

「そんなことあるかな。まだ高校生と中学生だよ？」

「私は晴人君のこと、五年前からずっと好きよ？」

雨音さんが俺へのアプローチを会話の端々《はしばし》に混ぜてくる。

もう姉ではないと雨音さんが宣言したことを思い知らされる。

玲衣さんは玲衣さんで、俺を上目遣《うわめづか》いに見た。

「十八歳《さい》になったら結婚できるんだよ？　琴音が十八歳になるまで三年しかないし」

「さ、三年もあるんじゃないかな……」

「たった三年だよ。三年経《た》っても琴音の気持ちが変わらなかったら、遠見家は結婚を強行すると思うし……琴音の気持ちもきっと変わらない」

「どうしてそう思うの？」

「だって、きっとわたしは三年後も晴人くんのことを好きだと思うから」

そう言って、玲衣さんはえへへと笑った。

ふたたび玲衣さんと雨音さんは顔を見合わせると、バチバチと視線で火花を散らし始める。

こ、これでは話が進まない……。

「とりあえず、この部屋の荷物をまとめたらいったん遠見家の屋敷《やしき》に戻ろう。ここに泊《と》まるわけにもいかないし……」

玲衣さんと雨音さんはそれぞれうなずいた。

「うん。『晴人くんとわたしの家』を片付けたら、ね？」

「『私と晴人君の家』よね？」

玲衣さんと雨音さんが口々に言い、互《たが》いを睨む。

婚約の問題もそうだけど、前途多難《ぜんとたなん》だな……と俺は思った。

全部、俺のせいではあるのだけれど。

第五話　女神様の妹・ふたたび

chapter.5

結局、俺たちは週末の土曜日を遠見《とおみ》家の屋敷で迎えた。

屋敷の離れでは、俺、玲《れい》衣さん、夏帆《かほ》、雨音《あまね》さんの四人で、共同生活を送っている。

以前は玲衣さんと夏帆が俺に迫って、雨音さんがそれを止めてくれる立場だったのが、今や雨音さんも俺をめぐる争奪戦《そうだつせん》に加わる側になってしまった。

おかげで気が休まる暇《ひま》がない。もちろん、雨音さんはこれまでどおりの大人の余裕《よゆう》（？）で玲衣さんや夏帆を止めてくれるのだけれど、その後に「私なら、晴人《はると》君に無理をさせずに、大事にしてあげられるのにね」なんて、俺にだけ聞こえる声で甘くささやくから、心臓にとても悪い……。

可愛《かわい》い美少女や美人のお姉さんと同居して、しかも彼女《かのじょ》たちは俺を好きと言ってくれる。嬉しくないといえば嘘になる。

でも、この状況は本来ならおかしい。早く解消しないと……。

その最初の一歩が、琴音《ことね》との婚約解消だった。

琴音は、屋敷の本邸《ほんてい》に部屋がある。

俺《おれ》はその部屋を訪《おとず》れることにしていた。

本当は離れに来てもらうか、あるいは広間とかのオープンなスペースで話したかったのだけれど……。

琴音の要望で、二人きりで琴音の部屋で話し合うことになってしまった。

琴音には事前に携帯《けいたい》で連絡《れんらく》をした。「大事な話がある」とだけ伝えてある。婚約破棄《こんやくはき》だなんて、言いづらかったし、そういうことは直接面と向かって話したい。

豪華《ごうか》な屋敷の廊下《ろうか》に、俺はビビりながら琴音の部屋の前に立ち止まる。

そして、ノックする。

「どうぞ」

涼《すず》しげな声が扉《とびら》の向こうから聞こえてきた。

俺は扉を開ける。

琴音の部屋は広々としていた。九畳ぐらいあると思う。

ぬいぐるみとか、少女趣味《しゅみ》のグッズがたくさん置かれていて、ちょっと意外だった。

琴音は大人びたイメージがあるけれど、よく考えたら年下だ。

家具は豪華で、正面奥《しょうめんおく》にあるベッドも天蓋《てんがい》付きだ。

その上に黒髪《くろかみ》ロングの美少女が座《すわ》っていた。

「先輩《せんぱい》♪　来てくれて嬉しいです！」

琴音が弾《はじ》けるような明るい笑みを浮かべる。

ベッドの上の琴音は、白いワンピースの部屋着姿で、清楚《せいそ》な「お嬢様」という印象だった。実際、琴音は間違《まちが》いなくお嬢様だ。

遠見家という大金持ちの家に生まれているし、立ち居振《ふ》る舞《ま》いだって上品だった。玲衣さんは私生児として冷遇《れいぐう》されていたけど、琴音は違う。

遠見本家の嫡流なのだ。

琴音は裸足《はだし》で、脚をぶらぶらとさせている。

ワンピースの裾の丈《たけ》が短くて、白くきれいな脚が太ももまで見えていた。

俺は慌《あわ》てて視線をそらすと、琴音がくすっと笑った。

「今、私に見とれていましたよね？」

「ち、違うよ……」

「先輩の嘘《うそ》つき。でも、いいんです。先輩は私に異性として興味があるんですよね」

「俺にとって、琴音は大事な人――玲衣さんの妹だよ。それだけだ」

「嘘が二度目ですね。お仕置きをしますから、ここに座ってください」

そう言うと、琴音はぽんぽんとベッドの上を叩《たた》いて示す。ちょうど琴音のすぐ右隣《みぎどなり》のあたりだ。

女の子と二人きりというのでも緊張《きんちょう》するのに、同じベッドの上に座るのは……まずい気がする。

けれど、琴音は気にしていなさそうだった。

「二人で監禁《かんきん》されていたときだって、同じ部屋で一夜を明かしたじゃないですか」

「ベッドは別々だったけどね……。誤解を招くような言い方はやめてほしいな……」

「誤解されたって、私はいいんですけど。それに、ここには私と晴人先輩の二人しかいません。だから、誰《だれ》にも誤解される心配なんてないんですよ」

ふふっと琴音が妖艶《ようえん》に微笑《ほほえ》む。まだ十五歳の少女はおしとやかで、それでいて蠱惑的《こわくてき》だった。

「先輩は大事な話があるんでしょう?」

「まあね」

「それなら譲《ゆず》るべき点では譲っておいた方が、後々楽ですよ」

俺は琴音を説得して、婚約解消を同意させないといけない。これはある種の交渉《こうしょう》だ。

そうであるならば、琴音の頼《たの》みを何でも断ってしまうのも良くない。

琴音のお願いを聞けば、譲歩《じょうほ》が引き出せるかもしれないし、心証も良くなる。

俺は仕方なく、琴音の隣《となり》に並んで座る。ちょっと間を空けた。

琴音が嬉しそうに顔を輝かせ、そして、すぐに俺の横ぴったりにくっつくくらいに距離《きょり》を詰《つ》める。

「なんだかカップルみたいですね」

「そ、そう？」

「はい。先輩って女の子の部屋に入ったことないんじゃないですか？」

「俺だって夏帆の部屋には行ったことがあるよ……」

「幼馴染《おさななじみ》は反則でしょう？」

何が反則なのかはよくわからない……。

ただ、たしかに夏帆の部屋に行くのは幼い頃《ころ》からのことで、家族ぐるみの付き合いがあったからという面が大きい。互いに部屋に入るのは慣れてしまっている。

玲衣さんと雨音さんは、もともと俺の家の住人なので、部屋に入ったことはあるけれど特別感はない。屋敷の離れに引っ越してからも、玲衣さんたちが俺の部屋に来ることはあっても、逆はなかった。

ということで、「女の子の部屋に入ってドキドキ！」というシチュエーションは、琴音の部屋に来るのが初めてかもしれない。

急に、俺は琴音を意識させられた。ちらりと見ると、琴音も頬をほんのりと赤くして、ふふっと笑っている。

「先輩、照れちゃって可愛いですね」

「照れてなんかないよ」

「嘘。だって、顔が真っ赤ですから」

からかうように、いや甘えるように琴音が言う。姿見が置いてあったので、そちらをちらりと見ると、たしかに俺の顔は真っ赤だ。

完全に琴音のペースに呑《の》まれている。

琴音はくすくすっと笑っていて、その表情はとても柔《やわ》らかかった。

以前、玲衣さんに憎《にく》しみの目を向けていたときとはまったく違う。

明るくなったな、と思う。

「私が今、楽しいのは先輩のおかげなんですよ」

不意打ちで琴音がそんなことをささやく。そして、俺の左手にそっと自分の小さな右手を重ねた。そのひんやりとした感触《かんしょく》が、不思議と心地《ここち》よかった。

そして、琴音が俺を上目遣いに見る。

「先輩は婚約の話をなしにしたいんですよね？」

「どうして知っているの？」

　俺が驚《おどろ》いて聞くと、琴音は首を横に振った。

「誰かから聞いたわけではありません。でも、先輩が『大事な話』があるって言ったら、婚約のことしかないと思っていました」

「ああ、なるほど……」

　琴音も、玲衣さんと同じく優等生だし、頭の回転も早い。

　気がついて当然か。

「愛の告白だったら嬉しかったんですけどね。その可能性も2％ぐらいはあるかなと思っていました」

「……ごめん。俺は……琴音との婚約を解消しないといけない」

「認めませんから」

　琴音は俺の言葉を遮《さえぎ》って、強い口調で言う。

　そして、今度は左手も使って、ぎゅっと俺の右手を両手で包み込《こ》む。そのまま琴音は俺の右手を互いの胸あたりの高さまで持ってきた。

　まるで懇願《こんがん》するように琴音は俺の手を握《にぎ》りしめていた。

「先輩のとなりにいるのは、私ではダメですか？」

「それは……」

「私、自分で言うのも変ですけど、可愛いと思うんです。生まれも育ちも良いですし、お金持ちですし、頭も良いですし非の打ち所がありません」

「自信家だね。えっと、そのとおりだとは思うけど」

「先輩が認めてくれて嬉しいです。まあ、その性格はあまり良くないかもですけど……これからは先輩の理想の女の子になってみせます」

「嬉しいけど……でも……俺には」

「『玲衣さんがいる』ですか？　そのセリフ、聞き飽《あ》きました。『俺には琴音がいる』って、絶対に言わせてみせます。それまで婚約は解消しません」

「でもね、琴音……」

「これはお祖父様が決めたことでもあります。そして、私は先輩が大好きなんです。だから、婚約を解消するつもりは、私にはまったくありません。諦《あきら》めて、私と結婚してください、先輩♪」

「少なくとも、今の俺は琴音を一番大事だって言えない。それなのに、結婚なんてできないよ。それは誠実じゃないし、琴音のためにもならない」

「だから、これから先輩には私を好きになってもらうんです。二十四時間三百六十五日、一緒にいれば、先輩も私の良さをわかってくれると思うんです！」

「そ、そんなことは……」

「できますよ。だって、私たち、結婚するんですから」

しれっと琴音は、当然のことのように言った。

そして、にやりと笑う。

「前に子供は何人がいいか、聞きましたよね？　今、ここで先輩の答えを聞かせてください」

「そ、そんなこと想像できるわけない……」

「そうですね。その前に……エッチなことをする必要がありますものね」

琴音は深呼吸して、思い切ったように言う。そして、俺の手をぱっと放した。

恥ずかしそうに、琴音は顔をますます赤くする。

琴音の気持ちは、望みはわかっている。それでも、俺はそれを拒否《きょひ》しないといけない。

このまま流されていくわけにはいかなかった。

「俺は……琴音とは結婚できないし、婚約もできないし、子供も作れないし、変なこともできない。それが俺の意思だよ。琴音に何と言われようと、それは変わらない」

「私と結婚すれば、人生イージーモードですよ。私は大金持ちの娘ですし、就職も安泰《あんたい》。先輩次第《せんぱいしだい》では巨大《きょだい》な遠見グループの経営者にもなれるかもしれません」

「そんなの興味ないよ」

「本当に？　私の立場を利用すれば、先輩は遠見グループを変えることができるかもしれません。先輩の大好きな姉さんを苦しめた遠見家も、変えられるかも。先輩は姉さんを救えるんです」

その発想はなかった。今でも、玲衣さんの立場は不安定だ。離れでの生活がいつまでも続くわけもないし、明日、どうなるかもわからない。

遠見総一朗《そういちろう》は玲衣さんを「大事な孫」と言ったが、それ以外の親族は玲衣さんを嫌悪《けんお》の目で見ている。

愛人の子だからだ。

屋敷にこのまま戻っても、玲衣さんに居場所はない。私生児としてこれからも冷遇されるだろう。

だからこそ、遠見総一朗も、玲衣さんではなく、琴音を俺の婚約者に選んだわけだ。

もちろん玲衣さんは俺の家に二人で戻ることを希望している。だけど、それが実現するかはわからない。

そういう状況《じょうきょう》を、俺が琴音を通して変えることはできるかもしれない。

もう一つ。遠見グループには重要な意味がある。

雨音さんは言っていた。俺の母さんや雨音さんの両親が大火災で死んだのは、遠見グループのせいだ、と。

だから、俺が遠見グループの人間になるのは、雨音さんは反対らしい。

けれど、逆に考えれば、その原因となった遠見グループに俺は内部から関《かか》わることができる。大火災の原因を知ることもできるかもしれないし、問題を抱《かか》えた遠見グループを良い方向へ変えていけるかもしれない。

それが今の、そして将来の俺の力でできるのかはともかく、可能性としてはありうる話だった。琴音も遠見家の人間だけど、葉月《はづき》の大火災当時は幼い少女だったから、もちろん琴音は火災には何の責任もない。琴音は遠見家の考えに染まっているから不安ではあるけれど、協力することもできるかもしれない。

その琴音は、まっすぐに俺を見つめる。

「私は利用価値があります。そのために婚約者でいるのも、先輩にとってはアリだと思うんです」

「俺は、琴音の気持ちを利用したりなんてしない」

「でも、私はそれでもいいんですよ。婚約者でいるだけで、私にはかなりのアドバンテージです。姉さんや夏帆さんが悔《くや》しがっているのも面白《おもしろ》いですし」

「琴音って……」

「やっぱり性格悪いでしょう？　でも、今はそれでいいんです。ねえ、先輩、私との婚約を解消する方法、教えてあげましょうか」

「え？」

「二つあります。一つはこの場で私をベッドの上に押《お》し倒《たお》して……ビンタすることです」

「ええ？」

「ボコボコに殴《なぐ》ってしまってください。そうすれば、お祖父様はカンカンで、異常者の先輩はめでたく婚約破棄です」

「そんなことできるわけないよ……」

「そうですか？　姉さんの敵だった私に、ガツンと憎しみをこめてですね、ぶん殴ればいいじゃないですか。そんなに私と婚約者になりたくないなら……」

琴音の声が次第《しだい》に小さくなっていく。そして、琴音のきれいな黒い瞳《ひとみ》に、うっすらと涙《なみだ》が浮《う》かんでいることに気づいた。

俺は慌てる。琴音の気持ちを考えずに、俺は婚約を解消したいって言い続けてしまった。

婚約は遠見総一朗が言い出した話だ。

琴音だって巻き込まれたとも言える。

なのに、俺は自分のことばかり考えてしまっていた。俺はダメだな、と思う。

玲衣さんと出会う前も、夏帆に振られたときも、雨音さんと一緒《いっしょ》に暮らしていたときも。

俺は無色透明《むしょくとうめい》な何もない存在で、今だってそれは変わらない。

「琴音が玲衣さんにしたのはひどいことだよ。でも、だからって、俺は今の琴音に暴力を振るったりはしない」

俺は言ってから、しばらくためらい、琴音にそっと手を伸《の》ばした。そして、その髪《かみ》をそっと撫《な》でてしまう。

琴音はびくっと震《ふる》え、そして、そのまま俺の手を受け入れていた。

しばらく黙ったまま、琴音は顔を赤くして、でも、嬉《うれ》しそうに頬を緩《ゆる》める。

「……先輩？」

「ごめん。いきなり髪を触《さわ》ったりして……」

「いえ、嬉しかったです。でも、いいんですか？　私も先輩に甘《あま》やかされているって勘違《かんちが》いしちゃいますよ」

琴音の涙を見て、つい手を伸ばしてしまったけれど、これは悪手だったかもしれない。

いつのまにか、琴音の表情はすっかり元通りの明るい笑顔になっていて、くすくす笑っている

「ね、先輩、もう一つ婚約《こんやく》解消する方法があります。私をこの場で押し倒してエッチしてください」

「へ⁉」

「そーしたら、お祖父様に婚約解消したい！って言ってあげますから」

「ど、どういうこと？」

むしろ、琴音にそんなことをすれば、ますます婚約せざるを得なくなる。

琴音はえへへと笑った。

「私にとって、婚約は手段です。先輩の心が手に入れば、それで十分なんです」

「でも、俺が琴音を押し倒して……その、そういうことをしたとしても、俺は琴音を好きになるとは限らないよ」

「大丈夫《だいじょうぶ》です。姉さんでも夏帆さんでもなくて、私が先輩の初めてになれば、きっと先輩は私を特別だと思ってくれます。さあ先輩、私を殴るか、それとも初めての女の子にするか、選んでください」

俺はもちろん――どちらも選べなかった。それで婚約は解消されるかもしれない。

殴るのは論外だが、後者を選んでも、きっと俺は琴音を傷つけることになる。

そんな選択《せんたく》は俺にとってはできなかった。

琴音も、俺がどちらも選べないとわかっていたらしい。

俺の手を頭に乗せられたまま、琴音はふふっと笑う。

「先輩って優《やさ》しいですよね。でも、その優しさのせいで、今、困っているんですよ」

「自覚はしているよ……」

「私が先輩を困らせているってわかっています。でも、私は手に入れたいものは手に入れます。自分の考えを変えるつもりはありません」

琴音はきっぱりと言った。俺は琴音の頭から手を下ろし、次の手を考えた。

だけど、どうやっても、琴音を説得することはできなさそうだ。

「……そうみたいだね」

「私は遠見家の人間です。生まれたときから、遠見家のために生きることを義務付けられていますし、それを覚悟《かくご》してもいます。でも、そんな私の隣を先輩が歩いてくれたら、私は……強くいられると思うんです」

琴音は甘えるように、とんとその小さな頭を俺の胸にくっつけた。

そして、うつむいたまま言う。

「今度、遠見家主催《しゅさい》のクリスマスパーティーがあるんです。葉月市内の旧家や名士、大きな企業の関係者はみんな参加します」

「そ、そうなんだ……。琴音も参加するの？」

「はい。遠見家の娘《むすめ》として、出席するのは義務ですから。でも、今年は私の隣に先輩もいてほしいと思ったんです」

「え？」

「彼氏《かれし》を家族やみんなに紹介《しょうかい》するのって、ちょっと憧《あこが》れていたんですよね」

「まさか……」

「遠見家公認《こうにん》の私の彼氏として、先輩をみんなに紹介するんです。楽しみですね！」

「えっ、ええ⁉」

琴音は顔を上げて、とても楽しそうに俺を見つめた。その顔には「してやったり」という表情が浮かんでいた。

第六話　女神様に甘やかされる！ chapter.6

事態はますます悪い方向へと向かっている。

琴音《ことね》は婚約を解消するつもりはないし、しかも、俺を遠見《とおみ》家のクリスマスパーティーで彼氏として紹介すると言っている。

彼氏になったつもりはないし、そもそも本当に彼氏だったとしてもそんな大規模パーティーで紹介するの恥《は》ずかしくない!?……と思うのだけれど、琴音はそういう場に慣れているのか、平気そうだった。

このままでは、どんどんと外堀《そとぼり》を埋《う》められていく……。

琴音の説得は諦めて、直接、遠見総一朗《そういちろう》に翻意《ほんい》を促《うなが》すべきだろうか？

でも、それも難しいな……。遠見総一朗が考えを改める理由がないからだ。

翌日。日曜日の午後二時。

屋敷の離《はな》れの自室で、畳の上に寝転《ねころ》がり、俺はうんうん唸《うな》りながら考えていた。

困ったなあ……。クリスマスパーティーがあるのは十二月二十三日の金曜日。土曜日は家族や恋人同士《こいびと》で祝うから、その前日に開催《かいさい》するわけだ。

あと一週間もない。それがタイムリミットだ。

それまでに事態をひっくり返せるかどうか……。

午前中に雨音《あまね》さんと相談したのだけれど、さすがの雨音さんも名案は思いつかないらしい。日本で済まさないといけない用事もあるとのことで、午後から出かけてしまった。

「晴人《はると》君も連れていきたかったんだけどなあ」と言って、雨音さんは残念そうにしていた。

ただ、玲衣《れい》さんと夏帆《かほ》の二人がそれは許さなかった。三人の取り決めで、休日の午前は雨音さん、午後の前半を玲衣さん、午後の後半を夏帆が、俺と過ごす権利があるとか……。

俺を奪い合う三人の紳士協定《しんしきようてい》(淑女協定《しゆくじよ》?)らしい。

お、俺の意思は……? ますます心の休まる暇がない。

そんなとき、部屋の扉がノックされた。

玲衣さんが来たのだと思う。

俺は立ち上がって扉を開く。

そこにはいつもどおりの美少女の玲衣さんが立っていた。

だけど、驚いたことが一つある。

「えへへ……」

玲衣さんが顔を赤くしてはにかんでいて、そわそわしていた。

恥ずかしがっている理由もわかった。服装がいつもと違うのだ。

白い透《す》けた布地の上着に黒い服を着ている。

けれど、胸元《むなもと》が大胆《だいたん》に露出《ろしゅつ》しているし、おへそのあたりも丸見えだ。

下半身も短パンみたいな露出度の高い格好だった。

「そ、その服は……」

「デニムのショートパンツに、白のシアーブラウス。インナーは黒のクロップドキャミソール、なんだって」

玲衣さんが早口で言う。服の名前はまったくピンと来ないが、見れば一目瞭然《いちもくりょうぜん》。

要するに、それはほとんど雨音さんの普段《ふだん》の私服と同じだったのだ。

「その服、どうしたの？」

「買ったの」

「そ、そうなんだ……」

「だって、晴人くん、こういう格好が好きなのかなって思って……いつも雨音さんにデレデレしているし」

「デレデレなんてしてないよ」

「してたくせに。ね、どうかな？　わたしにも似合う？」

今までの玲衣さんは制服のセーラー服を着ているときもおしとやかなお嬢様《じょうさま》という印象だったし、私服も清楚系の服だった。

だから、今までの玲衣さんとはかなり雰囲気《ふんいき》が違《ちが》う。違うのだけれど……。

「えっと、その、似合ってるし、すごく可愛いと思う」

俺はちょっとつっかえながら言う。恥ずかしかったのだ。大胆な服装は、玲衣さんを大人な感じにしていた。

玲衣さんは雨音さんと同じでスタイル抜群《ばつぐん》だし、完璧《かんぺき》に決まっている。玲衣さんが絶世の美少女だと改めて認識《にんしき》させられた。

玲衣さんはぱっと顔を輝《かがや》かせた。

「嬉しい。わたしが雨音さんみたいな大人な格好をしても似合わないかなって心配だったから」

「そんなことないよ。ものすごく似合ってる」

「ありがと。晴人くんに褒《ほ》められると、嬉しくなっちゃう。ね、もっとたくさん褒めて」

甘えるように玲衣さんが言う。似合っているし、可愛いと思うのは本当だけど、それを言葉にするのはちょっと気恥《きは》ずかしい。

というか似合っているとも、可愛いとも、もう言ってしまったし、何を言えばいいのか……。

いや、思った通りのことを言えば良いのか。

「えっと、大人びた雰囲気で、すごく好みだったよ。玲衣さんって、スタイルも良いし、清楚系だけじゃなくてセクシーな服を着ても似合うし、すごいなって。銀色のロングヘアも綺麗《きれい》で、服にばっちり合っていると思う。やっぱり玲衣さんは学校一の美少女だなと——」

「は、晴人くん。ストップ！」

「へ？」

「そ、それ以上褒められたら、わたし、照れちゃって死んじゃうから……」

見ると、玲衣さんはかああっと顔を真っ赤にして、下を向いて口のあたりを手で覆《おお》っていた。

恥ずかしくて、目も合わせられないらしい。や、やりすぎたかな……。

でも、玲衣さんはふるふると首を横に振《ふ》った。

「褒めてくれたのは、すごく嬉しかった。わ、わたしのキャパオーバーだっただけ……」

「そ、そっか。それにしても、俺のためにわざわざ服を買ってきてくれてありがとう」

「だって、せっかくのお家デートだもの。晴人くんに可愛いって思われたい」

玲衣さんはくすっと笑って、上目遣いに俺を見る。

お家デートと言われて、俺はどきっとする。

ずっと秋原《あきはら》家のアパートで一緒にいた。だから、玲衣さんが同じ部屋にいること自体は、特別感はなかった。

でも、よく考えると、同じ部屋に学校一の美少女がいるというのは……すごいことだ。

夏帆と雨音さんとの取り決めで、二時間、俺と玲衣さんはこの部屋に二人きりでいられるらしい（その次は夏帆の番）。

お家デートと言われれば、そうなのかもしれない。

玲衣さんは部屋に入ると、部屋の隅《すみ》に畳《たた》まれている寝具《しんぐ》を示した。

「は、晴人くん……布団《ふとん》を使ってもいい？」

「え、お昼寝《ひるね》でもするの？」

「せっかく晴人くんと二人きりなのに、そんなもったいないことしないよ。晴人くんと……い、イチャイチャするんだから！」

「だったら……」

布団をどうやってイチャイチャに使うんだろう？

想像することは一つだ。

俺が玲衣さんを見ると、玲衣さんはぶんぶんと首を横に振る。

「エッチなことはしないから！　は、晴人くんがしたいなら、してもいいけど……」

「お、俺もしないよ！」

「そうだよね。わたしも、エッチな方法は使わないって決めたんだもの。わたしの願いは晴人くんに選んでもらうことだから。だから……」

玲衣さんは布団を敷《し》く。そして、玲衣さんは、その片方の端《はし》に座って正座した。

せ、正座……。そして、玲衣さんは俺を見上げ、優しく微笑んだ。

「晴人くんのお姉さんをするのは、雨音さんだけの特権じゃないって、証明してあげる」

そこで、俺は玲衣さんがこないだ言っていたことを思い出した。玲衣さんと雨音さんが……「どっちが晴人くんを甘やかせるか対決」をしていたときのことだ。

玲衣さんは俺を甘やかす方法として、一つの手段を挙げていた。

「もしかして膝枕《ひざまくら》をしてくれるの？」

「正解！　覚えていてくれたんだ」

玲衣さんが嬉しそうな顔をする。それはまあ、忘れるはずもない。

ぽんぽんと玲衣さんが自分の膝《ひざ》を叩く。その仕草に視線を移すと、ショートパンツだから、玲衣さんの膝も太ももももバッチリ露出している。

し、白い脚《あし》がまぶしい。

「晴人くん、頭乗せて？」

「う、うん……」

まず、俺はおずおずと玲衣さんの隣に腰《こし》をかがめる。

えっと、ここから横に倒れて、玲衣さんの膝に頭を乗せれば良いのか……。

お、思ったより、緊張する……。隣の玲衣さんも同じだったのか、ちらりと表情をうかがうと、目をぐるぐるとさせている。

「れ、玲衣さん……その、恥ずかしかったら、無理してしなくてもいいんだよ？」

「だ、ダメ。絶対するの！」

「どうして……？」

「だって、膝枕って、すごく恋人っぽいもの。やってみたかったの」

「たしかに、恋人に膝枕して甘やかしてもらうって、理想のシチュエーションだけどね」

「ね、でしょ！　わたしも晴人くんに甘やかされるだけじゃなくて、甘やかしてあげられるようになりたいの。だから……」

今度はちょんと、玲衣さんが自分の膝を指し示す。とても恥ずかしそうだけれど、決意は固そうだった。

玲衣さんがそう言うなら、俺も乗らないわけにもいかない。俺もちょっと興味あるし……。

ということで俺は寝転がって、玲衣さんの膝に自分の頭を乗せた。柔らかくて、そして、温かい。

……これが膝枕か！

「ひゃっ⁉」

ほぼ同時に玲衣さんが甲高《かんだか》い声をあげる。

「だ、大丈夫？」

「へ、平気。ちょっとびっくりしただけだから。それより……膝枕しちゃったね」

玲衣さんがふふっと笑う。

青い瞳で玲衣さんが俺を見下ろしている。その表情はとても優しかった。

頭上すぐに玲衣さんの端正《たんせい》な顔と大きな胸が見える。学校一の美少女と密着しているんだな……と思う。

玲衣さんのふわりとした甘い香《かお》りに、俺はドキドキさせられた。

「どう？　晴人くん？」

「……控《ひか》えめに言っても最高です」

玲衣さんははにかんだ。

「変な晴人くん」

玲衣さんはくすっと笑った。「でも、喜んでもらえて、良かった」と玲衣さんは言った。


そして、玲衣さんは俺の頭をそっと撫でる。まるで子どもをあやすかのように。玲衣さんの手がくすぐったく、そして心地よい。

たしかに、これは甘やかされているかもしれない。

「晴人くんのお姉さんをして、甘やかすのは、雨音さんだけの特権じゃないの。わたしにもできるんだから」

「ありがとう。でも、玲衣さんはどちらかといえば可愛《かわい》い妹かな……」

「もうっ。晴人くんの意地悪」

「また、『晴人お兄ちゃん』って呼んでみる？」

俺がからかうように言うと、玲衣さんは頰《ほお》を膨《ふく》らませてしまった。

実のところ、俺は九月九日の生まれでもう十六歳《さい》になっているけれど、玲衣さんは一月十一日生まれでまだ十五歳。あと一ヶ月弱は、俺の方が玲衣さんより年上だ。

少しだけ年下で血が少しだけつながっているから、玲衣さんは少しだけ俺の妹。だから、玲衣さんが俺を「晴人お兄ちゃん」と呼んだことがあった。

まだ会ったばかりのことで、あの頃は互《たが》いをまだ名字で呼んでいたんだっけ。もう大昔のことに思える。

「……晴人くんが呼んでほしいなら、呼んであげるけど」

意外にも玲衣さんは不満そうにしながらも、そう答えた。

ちょっと面白くなって、俺《おれ》は「呼んでみてよ」と膝枕されたまま言う。

「晴人くんが妹プレイをしたいなら、仕方ないか」

「いや、妹プレイなんて言ってないよ⁉」

俺の反応に玲衣さんはくすくす笑い、そして、俺の耳たぶを、小さく繊細《せんさい》な指先で弄《もてあそ》んだ。

「晴人お兄ちゃん♪」

「……っ！」

ぞくりとする。妹な玲衣さんの甘い声と指先の刺激《しげき》で、ドキドキさせられる。

こ、これはこれで……。気持ちいい、というか、性癖《せいへき》が歪《ゆが》みそうだ。

玲衣さんの表情は楽しそうだった。

「晴人お兄ちゃんは、妹に膝枕して甘える悪いお兄ちゃんだよね？」

「い、いや、俺は……」

「いけないお兄ちゃんにはお仕置きをしないとね♪」

「お仕置き⁉　というか、玲衣さん……なんか意外とノリノリじゃない？」

「妹のこと、さん付けでは呼ばないでしょ？　『玲衣』って呼んでくれないとダメ」

「えっと、玲衣？」

呼び捨てで呼ぶと、玲衣……玲衣さんはくすぐったそうな甘い笑《え》みを浮かべた。

「呼び捨ても新鮮《しんせん》で嬉しいかも！」

「妹じゃなくて、素に戻《もど》ってない？」

はっとした表情で、玲衣さんはぶんぶんと首を横に振る。

そして、ジト目で俺を睨《にら》む。

「やっぱり、晴人お兄ちゃんにはお仕置きをします」

「お、お仕置きって……」

な、何をされるんだろう？

俺がびびっていると、玲衣さんは細長い金属製の棒を取り出した。拷問《ごうもん》道具……？

ではないらしい。

「これ、ステンレスの耳かき棒なの」

玲衣さんがえへんと胸を張る。頭上間近で玲衣さんの胸が軽く揺《ゆ》れ、俺は自分の心臓がどくんと跳《は》ねるのを感じた。

　俺は無理に意識を玲衣さんの「耳かき棒」に集中させる。

「えーと、耳かきしてくれるの？」

「そうそう。これがお仕置き！」

「どっちかというと、ご褒美《ほうび》では……？」

「ご褒美だと思ってくれるんだ？」

「まあ、その、嬉しいな……」

「恋人に膝枕で耳かきって男の人の憧れだって、ネットで見たの。晴人くんもそう？」

「憧れなのはそのとおりだけど、嬉しいのは玲衣さんがやってくれるからかな」

　俺が自然とそう口に出る。他の誰《だれ》でもなく、玲衣さんが俺のために、俺の喜ぶことをしようと思ってくれることが嬉しかった。

　玲衣さんは顔を赤らめ、目をそらす。

「晴人くん……無自覚にそういうこと言うの、良くないよ」

「無自覚じゃないよ」

「そう……なんだ。わたしだから、なんだ」

　玲衣さんはふふっと笑う。

そして、そっと俺の耳たぶを触り、つまんだり、引っ張ったりする。

「れ、玲衣さん……？」

「耳かきの前に、マッサージをして血行を良くした方がいいんだって」

「へえ……」

「晴人くん……じゃなかった、晴人お兄ちゃんのために調べたんだよ？」

「ありがとう。でも、妹プレイ、まだするの？」

「あっ、妹プレイって言った。晴人お兄ちゃんが満足するまではやるよ？」

「もう満足したよ。というか妹プレイ、俺がさせたわけじゃないから……。逆に、玲衣さんがしてほしいことある？」

俺が問いかけると、玲衣さんは俺の耳たぶを熱心にマッサージしながら、考《かんが》え込んでいた。

やがて、玲衣さんはいたずらっぽい笑みを顔に浮かべる。

「じゃあ、今度は晴人くんに弟になってもらおうかな」

「へ？」

「わたしを『玲衣お姉ちゃん』って呼んでみて」

「れ、玲衣お姉ちゃん……？」

「ふふっ、晴人ってば甘えん坊《ぼう》なんだから」

玲衣お姉ちゃん、じゃなかった玲衣さんはおかしそうに笑っている。

今度は俺が弟、玲衣さんが姉ということらしい。呼び捨てで呼ばれるのは、たしかに新鮮だ。

もともと「姉みたいに晴人くんを甘やかす！」というのが今回の玲衣さんのコンセプトみたいだったし、妹の真似《まね》より、姉のフリの方が自然だ。

雨音さんみたいな格好をしてきたのも、膝枕や耳かきをするのも、それが理由みたいだし。

玲衣さんはウェットティッシュで俺の耳を丁寧《ていねい》に拭《ふ》く。雑菌《ざっきん》で炎症《えんしょう》を起こさないためらしい。本格的だ……。

「晴人くん、横を向いて」

優しく玲衣さんが俺に言う。たしかに俺は仰向《あおむ》けで、このままでは耳かきができない。

俺は素直《すなお》に従い、右を向いて左耳が上に来るようにした。

やがて、玲衣さんはステンレスの耳かき棒で俺の耳を優しく耳かきしてくれた。

ひんやりとした感触《かんしょく》だけど、たしかに心地《ここち》よい。

「耳かきが気持ちいいのは、耳の中に迷走《めいそう》神経っていうのがあって、そこを刺激すると快感が生まれるからなんだって」

「快感……」

「エッチな意味じゃないからね？」

玲衣さんがくすくす笑いながら言う。

耳かきそのものが気持ち良いのはもちろんだ。玲衣さんは丁寧に優しく耳かきをやってくれていて、とてもとてもリラックスできる。

けど、耳かきそのものより、自分を大切に思ってくれる人が、自分のために時間を使ってくれることが、嬉しいのだとも思う。

「晴人くん、じゃなかった、晴人、とっても気持ち良さそうだね」

「玲衣お姉ちゃんのおかげでね」

からかうように俺が言うと、玲衣さんが照れたように目を伏《ふ》せてしまう。恥ずかしいなら言わせなければ良いのに。

「いくらでもわたしに甘えていいんだよ？」

「じゃあ、お言葉に甘えて……」

俺は玲衣さんに身を任せる。時間がゆっくりと流れている。

婚約のことも、自分の無力さも、全部忘れて、俺の時間が玲衣さんの時間で埋められていく。

耳かきの音が心地よい。俺も玲衣さんも黙《だま》ったまま、でも幸せな雰囲気でその時間を過ごす。

やがて一通り耳かきが終わったようで、玲衣さんが手を止める。

「今度は反対側をやってあげる」

「は、反対側？」

「えっと……ダメ？」

「いや、俺はもちろん、嬉しいんだけど……」

「なら、今度はこっちを向いて」

玲衣さんは何気なく言うが、俺は一瞬《いっしゅん》ためらった。

でも、まあ、いいのか……。

俺は玲衣さんの膝の上で頭の向きを変える。

さっきまでは右向きだったから、俺の視線は部屋の方へ向けられ、後頭部が玲衣さんの身体の側になった。

ところが、左向きに頭の向きを変えると、当然、俺の顔は玲衣さんの身体の側に行く。

つまり、俺は玲衣さんの下腹部のあたりを凝視《ぎょうし》する形になるのだ……。しかも、へそ出しルックなので、直に肌《はだ》も見える。

俺も自分の体温が上がるのを感じたけれど、玲衣さんもこの体勢の問題に気づいたらしい。急に「えっ、えっ」と慌《あわ》て出す。

「ど、どうしよう……これ、思ったより恥ずかしいかも……」

「やっぱり、やめておく？」

「ううん、だってわたしは『玲衣お姉ちゃん』だもの！　晴人くん……晴人を満足させるまでやめないんだから」

「もう俺は、玲衣さんに甘やかされて、十分に満足だよ」

「れ、『玲衣さん』じゃなくて、『玲衣お姉ちゃん』でしょ？」

「そうだね。でも、続けてくれるなら、姉の『玲衣お姉ちゃん』でもなくて、妹の『玲衣』でもなくて、俺の知っている『玲衣さん』に甘やかしてほしいな」

俺はそう言ってみる。それは本心だった。

姉のフリも妹プレイもそれはそれで可愛かった。けれど、やっぱり、俺の大事な玲衣さんは、クラスメイトで同居人で、一緒の時間を過ごしてきた玲衣さんなのだ。

俺の言葉に、玲衣さんはびくりと震え、そして、優しい目で俺を見下ろす。

「そうだよね。わたしは晴人くんの姉でもなくて妹でもなくて……恋人なんだものね」

「へ⁉」

「よく考えたら、恋人のフリをする約束って、やめるって言ってない。まだ有効だもの」

「でも、あれは、クラスのみんなにバレちゃって……」

「わたしがそうしたいからそうするの。わたしは晴人くんの従姉《いとこ》でも幼馴染《おさななじみ》でも昔からの女友達でも婚約者《こんやくしゃ》でもないけれど……恋人のフリをしているのはわたしだけ。結婚《けっこん》指輪をあげたのも、わたしだけだよね」

もちろん、それはそうで、他に親の形見を俺に渡《わた》すような女の子はいない。

玲衣さんは突然《とつぜん》、俺の頭をむぎゅっと両腕《りょううで》で抱《だ》き寄せた。玲衣さんのお腹《なか》と俺の顔が密着した。

や、柔《やわ》らかい……。

「れ、玲衣さん……く、苦しい……」

「あっ、ごめんなさい……」

玲衣さんはそっと俺を放す。俺が玲衣さんを見上げると、玲衣さんは切なそうに俺を見つめた。

「晴人くんは恋人でもない女の子に、膝枕や耳かきをさせたりしないよね」

玲衣さんはからかうような口調だったけれど、それにはどこか無理した雰囲気があった。

実際、俺は玲衣さんを選べていない。それなのに、こんなふうに玲衣さんに甘えてしまっている。

それがたとえ玲衣さんの望みだとしても、罪悪感を覚えないわけがない。

玲衣さんは深呼吸をした。

「今でも、わたしには何もないと思っているんだ。雨音さんも佐々木《ささき》さんも桜井《さくらい》さんも……わたしには晴人くんとの時間があって、思い出がある。でもね、これから時間を積み重ねていくことはできるもの」

「玲衣さん……」

「大好きだよ、晴人くん。だからね、わたしと一緒に地獄《じごく》へ堕《お》ちてくれる？」

玲衣さんの青いサファイアのような瞳が、強い意志の光で輝いた。

地獄へ堕ちる……という言葉の過激さに俺は驚《おどろ》く。どういうことだろう？

「わたしね、晴人くんとわたしたちが抱《かか》えている問題……琴音との婚約を解消する方法を思い付いちゃった」

「ほ、本当に？　琴音を説得する名案とか思い付いたの？」

「ううん。違うの。わたしはね、また琴音を敵に回すことになるかもしれない。今度は本当に、わたし自身のせいで、琴音に恨《うら》まれるかも」

「それは琴音を傷つけたりする方法……ではないよね」

　琴音自身も言っていたとおり、琴音に危害を加えれば、婚約を解消できるかもしれない。だけど、そんな方法を取るつもりはなかった。

　玲衣さんは首を横に振った。

「琴音に手出ししたりなんてしない。わたしは琴音が使ったみたいに、誰かに琴音を襲《おそ》わせたりなんてしないよ」

「なら、どうやって……」

「お祖父様《じいさま》を説得するの。わたしを晴人くんの婚約者にしてくださいって言うつもり」

「れ、玲衣さんを俺の婚約者に……!?」

「つまりね、晴人くんが琴音の婚約者にさせられたのは、お祖父様に後継者候補《こうけいしゃ》として選ばれたからよね。晴人くんと琴音が支え合って、遠見グループの将来を創《つく》る。それがお祖父様の思《おも》い描《えが》いた未来。それなら――」

「琴音ではなくて、玲衣さんが後継者になってもいいわけか」

「そういうこと。わたしは愛人の子で私生児だから、遠見の一族だとは認められていない。だから、お祖父様は、晴人くんの婚約者、遠見グループの後継者に琴音を選んだのだと思う。でも、わたしがお祖父様の養子になれば、その問題も解決でしょう？」

「そうだね。でも、遠見のご当主がそれを認めるかな……」

「わたしは琴音より優秀《ゆうしゅう》だと思うの。傲慢《ごうまん》かもしれないけど、たぶん、琴音もそう思っている」

俺は琴音の言動を振り返ってみる。たしかに琴音は玲衣さんに劣等感《れっとうかん》を持っていた。それが、琴音が玲衣さんを迫害《はくがい》していた原因の一つだ。

琴音自身も認めている。琴音はいつも異母姉の玲衣さんと比較《ひかく》されていたという。「姉さんみたいに、完璧で、特別で、みんなから注目されて、お父さんに愛される存在」になりたかった、と琴音は言っていた。

成績も容姿も他の面でも、たぶん、玲衣さんの方が琴音よりも優秀な存在であると言えるかもしれない。

そして、遠見総一朗も、きっとそのことを知っているだろう。

玲衣さんはうなずく。

「もちろん、すぐにわたしが晴人くんの婚約者になるとは限らないし、実現したら、晴人くんも困るでしょう？　わたしは嬉《うれ》しいんだけどね。でも、少なくとも、琴音との婚約の話は保留になると思う」

遠見総一朗が納得《なっとく》すれば、玲衣さん、琴音の二人のどちらが後継者、そして俺の婚約者にふさわしいか、考えるだろう。

見極《みきわ》めるための時間が必要になる、と思うかもしれない。

そうなれば、婚約者の話はいったん止まる。根本的な対策ではないが、他の手段を探す時間ができる。

「たしかにやってみる価値はあるな。さすが玲衣さん。まったく思いつかなかった……」

「褒めてくれて嬉しい。でも、これはわたしの自分勝手でもあるんだけどね。琴音とは仲良くできたかもしれないのに、わたしは琴音と戦う道を選ぶことになる。それに、晴人くんだって、巻き込《こ》んじゃう」

「俺のためでもあるよ。巻き込むことにはならないさ」

「でも、今後も婚約《こんやく》の話を回避《かいひ》できなければ、晴人くんとわたしの二人が本当に遠見家の後継者になってしまうかも。そうしたら、わたしたち、ずっとこの街で、遠見グループを背負っていかないといけない」

「そうなったら、そのときだよ。なんとかする」

「晴人くんはいろんな可能性があるのに、その可能性を奪《うば》ってしまうかも。それに……遠見家は、雨音さんのご両親を、晴人くんのお母様を殺したかもしれない。それでも、晴人くんは遠見家を背負う地獄について来てくれる？」

玲衣さんは俺にそう問いかける。俺は頭上の玲衣さんを見つめ返した。

玲衣さんの提案を受け入れれば……。

琴音は怒《おこ》るだろう。順調に進んでいた婚約の話を、玲衣さんに壊《こわ》されるのだから。

雨音さんだって、俺のことを心配して反対すると思う。遠見グループに関《かか》わること自体に、雨音さんは反対だった。

そして、遠見家は葉月《はづき》の大火災を引き起こし、俺の母を死なせた可能性がある。俺自身も、遠見家には複雑な思いがあった。玲衣さん自身も、俺の母を奪った遠見家の人間でもある。

もしかしたら、玲衣さんはそのことを気に病《や》んでいるかもしれない。普通《ふつう》なら、俺も玲衣さんにネガティブな感情を持つところかもしれない。

それでも、俺の返事は決まっていた。

「玲衣さんが隣《となり》にいるなら、もちろん」

俺は迷わずそう言った。

もともと、俺は平凡《へいぼん》で、無色透明《むしょくとうめい》な存在だ。そんな俺が玲衣さんの力になれるなら、たとえ地獄でも進むだろう。

仮に玲衣さんと一緒《いっしょ》に遠見グループの経営をすることになっても、それはそれでいい。

そうすれば、琴音が婚約者になったときと同様に、葉月の大火災のことも調査できる。

俺の母が死んだのも、遠見家のせいであっても、玲衣さんのせいじゃない。玲衣さん自身も両親を失っているし、遠見家に迫害された被害者《ひがいしゃ》だ。

そして、今度こそ、遠見家の問題は解決する。遠見家がふたたび玲衣さんに悪意を向けることはない。そのとき、遠見家の当主には玲衣さんと俺がなっているのだから。

ただ、心配なのは……俺にそれができるのか。

俺の返事に、頭上の玲衣さんは目を見開いた。そして……突然、ぽろぽろと涙《なみだ》をこぼしはじめた。

「だ、大丈夫《だいじょうぶ》？　玲衣さん、どうしたの？」

「だって、嬉しかったの。晴人くん、わたしと結婚してもいいってことだよね？」

たしかに言われてみれば……ほとんどそんなようなことを言ったと思う。

俺がなにか言う前に、玲衣さんの涙がぽたりと俺の顔の上に落ちた。

「それに、わたしは晴人くんのお母様を殺したかもしれない、遠見家の人間なのに」

「玲衣さんが悪いわけじゃない。玲衣さんは遠見家に迫害された被害者じゃないか」

「それでも、わたしはあの人たちの血を引いているの。晴人くんに嫌《きら》われてもおかしくないって思ってた」

「そんなことで嫌ったりしないよ」

「……ありがとう。雨音さんの話を聞いてから、晴人くんにどう思われているか、ずっと怖《こわ》かったの」

「玲衣さん……」

本当なら、ここで、「俺は玲衣さんのことが好きだ」と言えれば良かった。

でも、言えなかった。もちろん、夏帆や雨音さんたちのこともあるけど、それより、俺は自分が玲衣さんにふさわしいと自分を信じることができなかった。

もちろん、さっきも言ったとおり、玲衣さんと俺が遠見家の後継者に選ばれれば、俺は全力を尽《つ》くすと思う。もちろん、玲衣さんのために。火災の件も、玲衣さんには何の責任もない。

けれど、俺よりも遠見家に、そして玲衣さんにはふさわしい人間がいるのではないか。ただの無色透明な少年の俺に、玲衣さんを好きだと言い、ともにその重荷を担《にな》うことができるのだろうか。

相変わらず、俺は玲衣さんに膝枕をされたままだった。見上げる俺の唇《くちびる》に、玲衣さんが人差し指を当てて、ふふっと笑う。

「今はまだ、言わなくても大丈夫。それに、晴人くんは、佐々木さんや雨音さんを選ぶ権利もあるもの。まだ、わたしが婚約者になったり、結婚したりできるって決まったわけじゃない」

「ごめん……」

「でもね、いつかきっと、晴人くんに言わせてみせるんだから。『俺には玲衣さんしかいない』って。ね？」

玲衣さんは片目をつぶってみせる。

最初に家に来た頃《ころ》と比べると、玲衣さんはとても表情豊かになった。そんな玲衣さんが可愛くて、俺も玲衣さんから目を離《はな》せないようになってしまった。

今も、とてもドキドキしている。琴音は周りの状況《じょうきょう》を変えて外堀《そとぼり》を埋《う》めていこうとした。

でも、気持ちの上では、どんどん玲衣さんに外堀を埋められている気がする。

今も玲衣さんに膝枕して、密着して、目の前には玲衣さんの身体があって……。

冷静ではいられなくなりそうだ。

俺が立ち上がろうとすると、玲衣さんに止められる。

「まだ耳かきが終わってないよ」

「で、でも……」

「優《やさ》しい晴人くんは、今日はわたしに甘《あま》やかされていればいいの。だから、これからはわたしのことももっと甘やかして？」

玲衣さんはそう言って、俺の髪《かみ》をふたたび優しく撫《な》でた。

俺の右耳を揉《も》みしだいて、そして綺麗に拭いてくれて、耳かきを始めてくれる。

慣れてくると、胸のドキドキした鼓動《こどう》がしだいに収まっていき、また、心地よい安心感へと置き換《か》わっていく。

少し眠《ねむ》たくなってきたかもしれない。

玲衣さんもそれがわかったらしい。

「眠っちゃってもいいよ」

「せっかく玲衣さんと一緒なのに、そんなもったいないことは……できないよ」

「大丈夫。わたしは起きていて、ずっと甘やかしてあげるから」

「寝《ね》たら……俺に……」

「キスとかしちゃうかも。晴人くんの寝言《ねごと》もばっちり聞いておいてあげる」

玲衣さんは冗談《じょうだん》めかして言う。

俺は答えようとしたが、急速に眠たくなってきて、口を開くこともできなかった。

こんなふうに安心して眠くなってしまうのは、きっと俺が玲衣さんを信頼《しんらい》しているからだ。

琴音との婚約、遠見家の問題、夏帆や雨音さんやユキ……考えないといけないことはたくさんある。

でも、今の俺は玲衣さんに甘えていてもいいのかもしれない。

「おやすみ、晴人くん。晴人くんの夢にわたしが出てくると嬉しいな」

玲衣さんの甘いささやきが聞こえるのとほぼ同時に、俺は睡魔《すいま》に負け、意識を失った。

☆

わたしの目の前で、晴人くんが眠っている。しかも……わたしの膝の上で！

無防備な晴人くんの可愛い寝顔《ねがお》が、愛《いと》おしい。そっと髪を撫でてみる。晴人くんは穏《おだ》やかな顔ですやすやと寝息《ねいき》を立てていた。

晴人くんがわたしを信頼してくれていることが嬉しかった。それに、晴人くんはわたしと結婚してもいいと言ってくれた。

わたしは本当に幸せだと思う。でも、こんな幸せを手に入れる権利なんて、わたしにはないと思う。

わたしには何もない。本当なら、晴人くんの隣にいるべきなのは、幼馴染の佐々木さんかもしれない。従姉で家族だった雨音さんかもしれない。ずっと晴人くんのことを好きだった桜井さんかもしれない。

それでも、わたしは晴人くんの隣にいたい。これから晴人くんと時間を積み重ねていくことはできるから。

けれど、もう一つ問題があることに、わたしは気づいてしまった。

晴人くんのお母様が亡《な》くなった葉月の大火災。その原因が遠見家にあるのなら、わたしも遠見家の私生児だし……。晴人くんから見れば、わたしも憎《にく》むべき遠見家の娘《むすめ》だ。

そのことに気づいてしまい、たまらないほど怖くなった。もちろん、その頃のわたしは幼い少女で、火災には直接関係はしていない。そうだとしても、普通なら恨んでも当然だ。

たとえ遠見家が晴人くんのお母様を死なせたとしても、晴人くんはわたしと一緒に遠見家の後継者になると約束してくれた。わたしのせいじゃないとも言ってくれた。

そのことは本当に嬉しかったけれど……本当にわたしは晴人くんの隣にいる権利があるのかな……？

「ねえ、晴人くん……」

わたしは、眠っている晴人くんに問いかけようとして、でも、続きの言葉が出てこなかった。怖かったから。

そのとき、部屋の扉《とびら》が静かに開いた。わたしはびっくりして、入り口を見る。

そこにいたのは、雨音さんだった。いつもどおりの活動的で大胆《だいたん》な格好をしている。

「あ、雨音さん⁉　今はわたしと晴人くんの時間のはずです！」

「外出から戻ってきたら、気になってしまったの。覗《のぞ》き見するつもりはなかったんだけどね。イチャイチャしてて羨《うらや》ましい」

雨音さんはふふっと笑う。その笑顔《えがお》を見て、わたしはピンと来る。

「もしかして、わたしと晴人くんの話、聞いていました……？」

「そうね。水琴《みこと》さんが遠見家の後継者候補に名乗りを上げるという話なら、聞いたわ」

やっぱり、と思う。わざわざ雨音さんが部屋に入ってきた理由がわかった気がする。雨音さんは部屋の前を通りがかり、さっきのわたしの提案を聞いたんだ。

きっと雨音さんはわたしの提案に反対だと思う。雨音さんは、晴人くんが琴音と婚約して、遠見グループの後継者になるのも反対なのだから。わたしと晴人くんが婚約しても、晴人くんが遠見グループに縛《しば》られるのは変わらない。

わたしがそう雨音さんに言う。雨音さんは腕《うで》を組んだ。

「たしかに賛成はできないけどね」

「そ、そうですよね。それに、わたしだって、遠見家の人間です。雨音さんから見たら、ご両親の……」

仇《かたき》となった一族の人間だ。雨音さんが、葉月の大火災の原因は遠見家だと言ってから、ずっと気になっていた。

わたしは雨音さんに晴人くんを渡すつもりはない。でも、雨音さんの立場からすると、わたしは憎むべき遠見家の人間で、晴人くんすら奪おうとしている。

雨音さんはきっとわたしのことを大嫌《だいきら》いのはずだ。

けれど、雨音さんは目を細めた。

「両親の仇、か。そうね。そう思う気持ちもあったかもしれない」

「やっぱり……」

「でも、私はあなたに感謝しないといけないこともあるの」「

雨音さんがわたしに感謝……？　わたしが雨音さんに感謝する理由はたくさんある。秋原家の合鍵《あいかぎ》を渡してくれたのも、遠見家の屋敷《やしき》に拉致《らち》されたときに助けてくれたのも雨音さんだから。

だけど、雨音さんがわたしに感謝する理由なんて何もない。

わたしがそう言うと、雨音さんは首を横に振《ふ》った。

「水琴さんのおかげで晴人君と仲直りできたから。アパートを飛び出した私を追いかけるように、晴人君に言ってくれたのよね？」
「たしかにそうですけど」
「晴人君が教えてくれたの。……あのままだったら、私は自分の気持ちに嘘《うそ》をついたまま
で、晴人君と話せないままになっていたかもしれないから」
「そ、そうでしょうか……？」
「私が水琴さんの立場だったら恋敵《こいがたき》のことを『追いかけて』なんて言えないわ。だから、
感謝しているの」
わたしがしたのは、当たり前のことだと思う。二人が互いを大事に思っていることを知
っていて、「雨音さんを追いかけないで」なんて言うわけがない。それに追いかけるのを
決めたのは、晴人くんだ。
それでも、わたしが雨音さんのために、少しでも何か意味のあることをできたのなら嬉
しいと思う。
「だからね、遠見琴音が後継者になるよりは、水琴さんが遠見家の後継者になる方が良い
とは思うの。琴音さんは遠見家嫡流《ちゃくりゅう》として育てられているから、古い考え方に染まって
いるし、それにあなたにずっと陰湿《いんしつ》な嫌《いや》がらせをしていたような人間だから」
「えっと、今は琴音も反省しているとは思います」

「私だったら、一生、琴音さんのことを許さないけどね。水琴さんは優しいのね。甘いというべきかもしれないけど、嫌いじゃないわ」

雨音さんはくすりと笑う。「甘い」というのはそうかもしれない。琴音はこれまでずっとわたしの幸せを奪おうとしてきたし、これからもわたしの敵になるかもしれない。

それでも、わたしは今の琴音のことを嫌いにはなれなかった。それは琴音がわたしの妹で、そして琴音に対する罪の意識を感じているからだ。

そうだとしても、わたしは琴音から次期当主の地位を、そして晴人くんの婚約者という立場を奪わないといけない。

そして、晴人くんを奪うという意味では、わたしは雨音さんに対しても同じことをすることになる。

雨音さんは微笑《ほほえ》んだ。

「水琴さんを憎んだりするつもりはないわ。水琴さんに遠見家を変えるつもりがあるのなら、むしろ私はあなたが当主になるのを手伝ってあげてもいいの」

「ありがとうございます……。でも、やっぱり不思議です。最初にわたしを助けてくれたのは……どうしてですか？」

わたしは思い切って聞いてみた。

雨音さんが助けてくれたから、秋原家の合鍵を渡してくれたから、わたしは晴人くんに出会えた。でも、そもそも雨音さんにわたしを助ける動機はない。だって、わたしも遠見家の娘なのだから。

雨音さんが晴人くんを好きだったのだから、同じ部屋に同年代の少女と二人で暮らさせようなんて思わない。

少なくとも、わたしが雨音さんの立場だったら、絶対に嫌だ。きっと……ヤキモチを焼いてしまうから。わたしが晴人くんを好きになるところまでは想像できなくても、自分と従弟《いとこ》の二人暮らしの部屋に他の女子を住ませたいとは思わないはず。

雨音さんは肩《かた》をすくめた。

「一つの理由は、叔父様《おじさま》……晴人くんのお父様の頼《たの》みだったからなのよね。でも、もう一つ理由があるの。覚えていない？」

わたしが知っていてもおかしくないという口ぶりだけど、わたしの記憶《きおく》に思い当たる節はなかった。

雨音さんはいたずらっぽく人差し指を自分の赤い唇に押《お》し当てて、くすっと笑う。

「晴人君には内緒《ないしょ》よ？　私はあなたに会ったことがあるの」

それは初耳だし、わたしもまったく記憶がない。

「覚えていなくても仕方ないわ。水琴さんのご両親の事故があった後、あなたを引き取る家は秋原家になるはずだったの」

「え⁉」

知らなかった……。遠見家以外にも、わたしはいろんな親族をたらい回しにされていた時期がごく短期間あるけれど、どこも長くは続かなかった。でも、そのなかに秋原家はなかったはず……。

雨音さんはわたしにうなずいてみせる。

「秋原家といっても、私の両親の家ね。私は妹がほしかったから、あなたが家に来るのは大賛成だった。そのときの私はもう中学生だったんだけど、仲の良い姉妹って憧《あこが》れだったの」

「そ、そうなんですか⁉」

意外だったので、わたしは目を見開いてしまう。雨音さんが少し恥《は》ずかしそうに頬《ほお》を赤くする。

「悪い？」

「い、いえ、少し意外だったというだけで……」

でも、考えてみれば、雨音さんは年下の従弟の晴人くんを溺愛《できあい》していたわけで少しも不思議ではないかもしれない。

もし……わたしが雨音さんの家に引き取られていたら、幸せだっただろうか？

ううん、きっと幸せだったと思う。こんなカッコよくて、優しい人が姉だったのなら、わたしを守ってくれたかもしれない。

でも、現実はそうはならなかった。

「あなたを引き取るために両親と私は何度か遠見の屋敷を訪ねたの。そのとき、私はあなたに会ってる。『雨音お姉ちゃん』なんて呼んでくれて可愛《かわい》かったわ」

「わ、わたしがそんな呼び方を……⁉」

「といっても、二度、三度のことだけどね。ずっとそう呼んでもらえればよかったんだけど……。そうならなかった最大の理由は葉月の火災。うちの両親も、晴人君のお母様も亡くなってしまったから……水琴さんを引き取る余裕《よゆう》もなくなってしまったの。今度は私が晴人君の家に引き取られる立場になったんだから、皮肉よね」

そうだったんだ……。たしかにタイミング的には重なる時期だ。わたしを引き取るどころではなくなったと思う。

遠見家の絡《から》まり合う運命の糸が、わたしの未来も雨音さんの未来も変えた。でも、どこかで遠見家の因縁《いんねん》を断《た》たないといけない。

雨音さんは目を伏せる。

「結果として、あなたを助けてあげるのが遅《おそ》くなってしまったわ。ごめんなさい」

「い、いえ！　とんでもないです。わたしが今、ここにいるのは、雨音さんのおかげですから」

そう言ってから、わたしは少し考えて、言い直すことにした。

「ううん、雨音お姉ちゃんのおかげ、なんですよね」

わたしの言葉に、雨音さんはびくりと震《ふる》え、そして大きく目を見開いた。

雨音さんは嬉しそうに頬を緩《ゆる》める。

「あら、水琴さんってば、妹プレイをするのは晴人相手だけじゃないの？」

「晴人くんがお兄ちゃんだったら、きっととても幸せだったとは思います。でも、同じように、雨音さんもお姉ちゃんだったら、もっと幸せだったろうなって思ったんです」

そういう可能性だってあり得たのだと思う。雨音さんと晴人くんとわたしが三人で、同じ秋原家に住んで、暮らしていく。

そんな小学生、中学生時代を過ごせたら、わたしはどれほど幸せだっただろう。

雨音さんは照れたように目を泳がせた。

「そうね。私もあなたを妹みたいに思っているから助けたんだし……晴人くんを取られそうになっても嫌いになれないの。ね、二人きりのときは玲衣って呼んでもいいかしら?」

ちょっと恥ずかしかったけど、嫌なわけない。わたしはこくりとうなずく。

「はい」

「よろしくね、玲衣」

雨音お姉ちゃん……雨音さんはふふっと笑った。こんなに優しくて親切でわたしの見方をしてくれる人と、わたしは晴人くんをめぐって争わないといけない。そのことがつらかった。

「ねえ……雨音お姉ちゃん。それでも、わたしが晴人くんと婚約するのは賛成してくださらないですよね?」

「もちろん。私の大事な晴人君を遠見家に渡すのは絶対に反対。晴人君にはもっと別の幸せがあるはずよ」

「やっぱり……」

「でもね、玲衣の言葉を借りれば、『選ぶのは晴人くん』。そうでしょう?」

わたしは目を見開く。それは、あのとき、わたしが雨音さんに告げた言葉だった。

「私は晴人君に幸せになってほしい。でも、最後に決めるのは、晴人君自身だと思うから」

「……本当にごめんなさい」

「どうして謝《あやま》るの？　もう勝ったつもり？」

　雨音さんにジト目で見られて、わたしは慌てた。

「い、いえ……」

「言っておくけど、私は私で別の道を用意するから」

「別の道？」

「そう。玲衣が作る道か、私が切り開く道か、どちらが良いかはわからない。でも、私は負けるつもりはないから。晴人君は私のもの。私が晴人君の幸せを作って、晴人君に選んでもらうの。晴人君を玲衣に渡すつもりはないから」

「わ、わたしも……絶対に負けません。晴人くんはわたしのものですから！」

　わたしははっきりと言い切り、そして、はっとする。少し大きな声だったから、晴人くんを起こしてしまわなかったかな……？

　でも、晴人くんは相変わらず、ぐっすり眠っていた。わたしはほっとする。

　雨音さんは寂《さび》しそうに笑った。

「可愛い寝顔。以前は晴人君の寝顔を見られるのは、私だけの特権だったんだけどな」

　そう言うと、雨音さんは部屋から出て行こうとする。

　その途中《とちゅう》で雨音さんはこちらを振り返った。

「最後に一つだけ言いたいことがあるんだけど……」

な、なんだろう……？　わたしは緊張《きんちよう》して、雨音さんの言葉を待つ。

「その姿勢、大変じゃない？」

「え？」

「足がしびれちゃうと思うんだけど……」

雨音さんはくすくす笑いながら部屋を出て行った。

わたしは自分の足を見つめ、そして「しまった」と思う。

慣れない正座のせいで……あ、足がしびれちゃってる！

☆

……玲衣さんに膝枕《ひざまくら》をしてもらった後、俺《おれ》はそれほど時間が経《た》たずに目が覚めた。

玲衣さんがこっそりキスをして、その感触《かんしよく》で起きてしまった……というような甘い話ではなく。

俺が寝返《ねがえ》りを打とうとして、その瞬間《しゆんかん》、玲衣さんが鋭《するど》い悲鳴を上げたのだ。

玲衣さんになにかあったのではないかと俺は心配になって、膝の上から飛び起きる。

　これまでも玲衣さんは襲われそうになったり、誘拐《ゆうかい》されたり……と大変な目にあってきた。

　でも、今はすぐ近くに俺がいる。玲衣さんを守らないと……。

　とはいえ、目覚めたばかりで半分寝ぼけている。そんな目で玲衣さんを見ると、玲衣さんはぷるぷると震えていた。周りには誰《だれ》もいないし、玲衣さんは正座したままだ。

　そして、玲衣さんは涙目でこちらを見る。

「れ、玲衣さん……どうしたの？」

「その、あの、平気だから……膝枕、続けてあげる……」

「なんか、平気ではなさそうな雰囲気《ふんいき》だけど……？」

「へ、平気だもの！」

　必死な表情で玲衣さんは言う。

　もしかして、と思って、俺は玲衣さんの膝《ひざ》にそっと手を伸《の》ばし、軽く触《ふ》れてみる。

「……っ～～～！」

　途端《とたん》に玲衣さんは悶絶《もんぜつ》して、可愛いらしい甲高《かんだか》い声をあげる。いや、可愛らしいなんて言うと、玲衣さんが気の毒かもしれない。

　どうやら、足がしびれてしまったらしい。個人差はあるけど、長時間、正座して人の頭を乗せていれば、当然、足がしびれることもあると思う。

しびれの衝撃《しょうげき》が収まったのか、玲衣さんが俺を睨《にら》む。

「は、晴人くんの意地悪！」

「ご、ごめん。つい確認《かくにん》しようと思って触《さわ》っちゃった」

「は、晴人くんに触ってもらうのは嬉しいけど……」

なんて言って、玲衣さんが照れたように右手の人差し指で髪をいじり、目をそらす。

とはいえ、触ったら、足がしびれた玲衣さんに苦痛を与《あた》えてしまったわけだ。

それはもちろん、膝枕を再開しても同じことだ。

「負担をかけちゃって、ごめん。今日の膝枕はこのあたりで終わりにしておこっか、玲衣さん」

でも、玲衣さんは俺の言葉に納得していなかった。

「やだ。まだ時間はあるもの。晴人くんをもっと甘やかしてあげるんだから！」

「俺は十分すぎるほど満足したよ」

「わたしが満足していないの！　雨音お姉ちゃ……雨音さんにも負けたくないし！」

玲衣さんは強情《ごうじょう》だった。子どもみたいに駄々《だだ》をこねる。

学校一の美少女で、成績もすごく優秀な才女なのに……玲衣さんは俺が絡むと、ポンコツになってしまうらしい。

　そんなところも、俺にとっては可愛く思えるのだけれど。それにしても、どうしてここで雨音さんの名前が出てくるのだろう？　しかも「雨音お姉ちゃん」と言いかけていたような……？

　気になったけれど、ともかく、玲衣さんを納得させる方法を考えるのが優先だ。

　そしてポンと手を打つ。

「じゃあ、今度は俺が膝枕をするよ」

「え？」

「立場逆転で、今度は玲衣さんが甘やかされる番ということにしない？」

「で、でも、今日はわたしが晴人くんを甘やかす日なのに」

「なんかサラダ記念日みたいな言い方だね」

　俺がからかうように言うと、玲衣さんが頬を膨《ふく》らませて、それから、くすっと笑う。いつのまにか玲衣さんは足を崩《くず》すことに成功していた（正座でしびれると、足を崩すのもままならない……）。

「記念日にしてもいいかも。今日は『わたしが晴人くんを甘やかした記念日』。そうでしょ？」

玲衣さんがいたずらっぽく、目をつぶる。

足のしびれはとれてきたみたいだ。その明るく楽しそうな表情に、俺も嬉しい気持ちになる。

「それなら、これから俺が玲衣さんに膝枕すれば、今日は『俺が玲衣さんを甘やかした記念日』になるわけだ」

「ふふっ、晴人くん……それは違《ちが》うよ」

「え？」

「だって、わたしは晴人くんに毎日甘やかされているから、今日が初めてじゃないの。だから、記念日にはならない。晴人くんはいつも、これからも、わたしを甘やかしてくれるって信じてるもの」

玲衣さんは幸せそうに、歌うようにそう言った。

そして、俺を上目遣《うわめづか》いに見る。

「でも、やっぱり膝枕はしてもらおうかな」

「もちろん。玲衣さんのためなら、喜んで」

俺は微笑んで、布団《ふとん》の前に正座で座《すわ》る。玲衣さんは俺の膝枕にそっと頭を横たえた。

「どう？　男の膝枕なんて、微妙《びみょう》かもだけど……」

玲衣さんは俺を見上げて、微笑む。

「晴人くんの膝枕は最高だよ。だって、晴人くんがわたしのためにしてくれることだもの」

「そっか」

俺は玲衣さんの髪をそっと撫でる。玲衣さんは「あっ……」と恥ずかしそうに吐息《といき》を漏《も》らした。

俺は構わず玲衣さんの髪を撫で続けた。玲衣さんは「くすぐったい……」なんて言いながら身をよじる。

こんな幸せな時間が続けばいいのに、と俺は願う。

そのためには、遠見家に立ち向かわないといけない。玲衣さんも、そして、俺自身も。

第七話　女神様の戦い　chapter.7

玲衣《れい》さんが遠見《とおみ》家の後継者《こうけいしゃ》に名乗りを上げる。

その案には、結局、夏帆《かほ》や雨音《あまね》さんも強く反対はしなかった。状況を打開するには有効な案だからだ。ただ、積極的に賛成もしていない。

夏帆も雨音さんも、俺のことを心配してくれている。同時に玲衣さんに俺を奪われるのでは？と恐《おそ》れてもいるみたいだった。

「婚約者《こんやくしゃ》が琴音《ことね》ちゃんだから晴人《はると》は受け入れていないけど、水琴《みこと》さんになったら……」

「晴人君が本気で結婚《けっこん》するつもりになるかも」

夏帆と雨音さんは口々に言う。

二人からしてみれば、無条件に受け入れられる案ではない。

でも、玲衣さんはあくまで後継者候補に名乗りを上げるだけだ。

その時点で、玲衣さんと琴音は対等な後継者候補になり、俺と琴音の婚約は保留になる。

すぐに玲衣さんが俺の婚約者になるわけではない。

そう言って、俺は夏帆と雨音さんを説得した。

夏帆は一応納得《なっとく》してくれたけど、雨音さんは微笑んだだけだった。そして、夏帆と雨音さんは、なにやら二人でひそひそと屋敷の離れのリビングで話し合っていた。

もともと二人は昔から仲良しだし、何を計画しているのか、ちょっと心配になる。

ただ、俺と玲衣さんが第一に考えるべきは、遠見総一朗《そういちろう》の説得だ。

成功すれば、琴音との婚約《こんやく》問題は解決する。

クリスマスパーティーは数日後。だから、それまでのあいだに、遠見総一朗と話し合おうと思っていた。

ところが、問題が発生した。

月曜日、学校から帰ってきた後。俺と玲衣さんは、リビングのテーブル越《ご》しに向かい合っていた。

夏帆も玲衣さんの隣に、雨音さんも俺の隣に座っているから、四人でテーブルを囲んでいる。

そして、雨音さんの報告によって、その場は重い空気に包まれていた。

「遠見のご当主が……いない？」

俺の問いに、雨音さんが困ったように眉《まゆ》を上げる。

「そうなの。大伯父様は東京の大きな会社に話し合いに行っているらしいのね」

遠見グループ再建計画のために、その会社から大規模な出資を受けるらしい。

話し合いがまとまれば、遠見グループの危機は当面は回避《かいひ》される。同時に、遠見総一朗が力を借りた危険な組織からの資金を返済し、手を切ることもできるようだ。

つまり、琴音、そして玲衣さんがそうした危険な存在から拉致されるとか、身の危険はなくなる。玲衣さんもこの屋敷の保護下に置かれる必要もない。

俺と玲衣さんにとっては、アパートの部屋に戻《もど》るチャンスだ。

ところが、もう一つの問題、琴音との婚約を解消することができない。遠見総一朗がいなければ話し合いができない。

電話での取り次ぎも、遠見家の秘書の一人に、多忙《たぼう》を理由に拒絶《きょぜつ》されてしまったそうだ。

ただ、この対応には、裏で糸を引いている人間がいる。

それはおそらく……遠見琴音だ。

離れのリビングの扉が急に開け放たれる。俺たちは一斉《いっせい》にそちらを見た。

そこに立っていたのは、黒髪清楚《くろかみせいそ》な美少女だった。

遠見琴音だ。いつもの制服のブレザーではなくて、ベージュのカーディガンを白いTシャツの上におしゃれに羽織っている。

スカートの丈《たけ》は短めだけれど、お嬢様《じょうさま》感があるのは琴音の雰囲気が上品だからだろう。

琴音は俺、玲衣さん、夏帆、雨音さんを順番に眺《なが》め、ふふっと悪役っぽい笑《え》みを浮《う》かべる。

「皆《みな》さん揃《そろ》って頭を抱《かか》えて、どうしたんですか？」

まさか琴音との婚約を解消するため、とは言えない。

でも、琴音も感づいているだろう。

「なにかこそこそと計画しているみたいだったので、お祖父様《じいさま》との接触《せっしょく》は絶たせていただきました。どうせ、わたしとの婚約を破棄《はき》させるために説得しようとしたんでしょう？」

図星だった。雨音さんも肩をすくめている。

琴音は離れのリビングをぐるりと見回した。

「もうすぐ、この離れに住む必要もなくなりますね」

「え？」

「クリスマスパーティーで私との婚約が発表されたら、晴人先輩《せんぱい》には本邸《ほんてい》に引っ越《こ》してもらいます。私の隣《となり》の部屋とか、いいかもしれませんね」

「他のみんなは……？」

「もちろん、それぞれの家に帰っていただきます。夏帆さんがいなくなるのはちょっと寂しいですけど」

俺はちらりと玲衣さんを見る。俺と琴音との婚約が確定したら、玲衣さんはどうなるのだろう?

玲衣さんの家。それは遠見の屋敷ではなく、秋原《あきはら》家のアパートだ。少なくとも、今の俺と玲衣さんはそう思っている。

でも、それは俺が秋原家のアパートに戻ってこそ、成立する話だ。

琴音はふふっと笑う。

「玲衣姉さんは、この離れに住み続けてもらってもいいですし、秋原家のアパートに戻ってもらってもかまいません。これまでより、ずっと待遇《たいぐう》は良くすると約束します。でも――先輩のそばには近づかせません」

琴音はきっぱりと言った。玲衣さんがぎゅっと自分の身体《だ》を抱きしめ、そして目を伏《ふ》せた。

俺は琴音を睨む。

「何の権利があって、琴音はそんなことを言うのかな」

「先輩の婚約者として、です」

「でも、それは俺の意思じゃない」

「だとしても遠見家の決定には逆らえませんよ」

雨音さんは冷ややかな目で琴音を見ていた。琴音と仲良くなった夏帆も、戸惑《とまど》ったように琴音を見つめている。

玲衣さんは……怯《おび》えていた。琴音に居場所を奪《うば》われる。そう思っているのだろう。

俺は琴音をまっすぐに見つめた。

「琴音。こんなやり方はやっぱり良くないよ。誰も幸せにならない」

「私は悪役になってもいいんです。ただ、先輩さえ手に入れば、それでいい」

「どうしてそこまで……」

俺のことを想《おも》ってくれるのか、と聞こうとして、俺は思いとどまった。

それを聞けば、琴音の決意を固くするだけな気がした。

でも、琴音は急に、座っている玲衣さんに近づく。そして、玲衣さんに手を伸ばした。

その場に緊張感が走る。もともと琴音は玲衣さんを傷つけようとしていた。反省して謝罪したとはいえ、今や琴音は玲衣さんと俺をめぐって争う関係にある。

何をするかわからない。俺は制止しようとしたが、間に合わなかった。

でも、琴音は玲衣さんの手をそっと握《にぎ》っただけだった。

玲衣さんが琴音を不思議そうに見上げる。

「今、私は姉さんの気持ちがとても良くわかるんです。だって、同じ人を好きだから」

「……琴音?」

「そうね。わたしも……晴人くんのことが好き。だから、琴音には渡《わた》したくない」

「私もまったく同じ気持ちなんです。私は……今まで姉さんにひどいことをしてきました。やっとそれを謝れて、ちょっとだけ姉さんの気持ちがわかったのに。でも、だからこそ、私たちは争わないといけないんですよね」

琴音は小さくつぶやいた。

母親違いの姉妹は、互《たが》いを見つめ合っていた。髪《かみ》の色も目の色も身長も、二人は全然違う。

けれど、玲衣さんと琴音には、どこか似たような儚《はかな》げな雰囲気があった。

「私は……お父さんを、姉さんに取られたって今でも思っています」

玲衣さんが琴音の言葉にびくりと震える。

二人の父親は、琴音の母を捨てて不倫《ふりん》して、そして玲衣さんの母親と海外に行こうとした。そして、事故死したという経緯《けいい》がある。それが、琴音が玲衣さんを憎んでいた最大の理由だ。

琴音は玲衣さんの手を握りしめたまま、言う。

「もちろん、姉さんは何も悪くありません。昔も今も。でも、今度は、私は晴人先輩を姉さんから奪ってみせます」

「だから、晴人くんと婚約する？」

「はい。私は……欲《ほ》しい物は手に入れます」

「わたしと琴音は同じ気持ちかもしれない。晴人くんを渡したくない。晴人くんが欲しい。でも……琴音は晴人くんの気持ちを考えたの？　晴人くんの気持ちが一番大事。そうでしょう？　なのに、琴音は自分の都合ばっかり押し付けている。」

玲衣さんは畳《たた》み掛《か》けるように言う。琴音は痛いところを突《つ》かれたようで、悔《くや》しそうな表情をする。

「私と結婚すれば大金持ちです。それに、私は先輩のことを大事にしてみせます。今は先輩は反対かもしれませんけど……これが、先輩が一番幸せになれる方法なんです」

「わたしにはそうは思えない」

「じゃあ、姉さんが晴人先輩を一番幸せにできるって、断言できるんですか？」

「そ、それは……わたしがふさわしいかどうか、わからないけど、でも……」

「はっきりしないですね。私には遠見家の力がありますから、それを先輩のために使ってあげられます」

「それは琴音の自分の力ではないでしょう?」

「それはそのとおりです。でも、私が使える力であることには間違《まち》《が》いありません。姉さんには……何があるんですか？　私よりほんのちょっぴり優秀《ゆうしゅう》かもしれませんけど、それだけです」

琴音が鋭い口調で言う。玲衣さんは言葉に詰《つ》まった様子だった。

自分には何もない。玲衣さんはそう言っていた。同じことを琴音は言っている。

玲衣さんが傷つくのを俺は見ていられなかった。俺は琴音を止めようと立ち上がる。

けれど、玲衣さんは首を横に振った。

「いいの、晴人くん。琴音が言っているのは、本当のことだから……」

「でも……」

琴音は俺と玲衣さんを見比べ、そして、天を仰《あお》いだ。

「これでは本当に私が悪役ですね。ごめんなさい。でも、姉さん。結局、私たちは戦わないといけないんです」

「そう……なのかな」

「そうです。だから、姉さん。私から先輩を取り戻したいなら、戦って奪ってください。私も……絶対に先輩を渡すつもりはありませんから」

琴音は綺麗《きれい》に通る声でそう宣言する。

そして、周囲の夏帆、雨音さんに向かって微笑む。

「遠見家のクリスマスパーティーには皆さんも招待します。夏帆さんは江戸《えど》時代から続く名門藩医《はんい》の家の一人娘《ひとりむすめ》、そして雨音さんは遠見家一門の女性ですからね。……私と先輩の婚約発表を楽しみに見ていてください」

琴音はそう言うと、呆然《ぼうぜん》としている皆を気にもせず、くすりと笑って離《はな》れから出て行った。

あとに残された俺たちのあいだを、沈黙《ちんもく》が支配する。

玲衣さんは、琴音の敵意にさらされて、すっかり自信を失ってしまったようだった。

「わたしがしようとしていることは、本当に晴人くんのためになるのかな。もしかしたら、このまま琴音と婚約した方が……」

「玲衣さん。そんなこと言わないでよ」

「でも、わたしの選択《せんたく》で晴人くんを傷つけるのが怖《こわ》いの。わたしのせいでお父さんもお母さんも死んじゃって――」

「玲衣さんさ、さっき琴音に向かって、俺の気持ちが一番大事って言ってくれたよね？」

「え？　そ、そうだけど」

しまう。

「俺は琴音じゃなくて、玲衣さんと一緒《いっしょ》にいたいんだよ」

俺ははっきりとそう言った。そう言葉にしないと、きっと玲衣さんはまた沈《しず》んでいってしまう。

玲衣さんは繊細《せんさい》で、だからこそ、俺は玲衣さんのことを大事にしたかった。

「でも、わたしには何もない」

「何もないなんてことはないよ。俺が一番必要とするものは、大事だと思うものは、玲衣さんが持っているから」

「本当に……？」

「本当だよ。遠見家の権力も財産も、俺はいらない。でも、玲衣さんのことは……欲しいと思っているから」

何もなかったのは、俺の方だ。夏帆に振《ふ》られた俺に、玲衣さんが意味をくれた。玲衣さんが俺の家に住むようになったこと、俺と一緒に過ごしてくれた時間が、無色透明《むしょくとうめい》だった俺を変えたのだと思う。

玲衣さんが「晴人くんは優《やさ》しいよね」「わたしは晴人くんに甘《あま》やかしてほしい」「晴人くんのことが好き」と言ってくれた。だから、俺は自分の存在意義を確かめることができたのだろう。今も、目の前の問題に立ち向かう勇気があるのは、玲衣さんが隣にいるから。

そんな玲衣さんを……俺を想ってくれる玲衣さんを、俺は必要としていた。

俺がそう言うと玲衣さんは「そ、そっか」と顔を赤くした。

「晴人くんは……琴音じゃなくて、わたしを選んでくれるんだ」

「もちろん。だから、一緒に琴音に、遠見家に立ち向かおう。遠見総一朗はクリスマスパーティーには出席するはず。そのときに説得すればいい」

「わたしに、できるかな」

「大丈夫《だいじょうぶ》。俺もついているから」

「うん。そうだよね。晴人くんがいてくれれば、きっと大丈夫」

玲衣さんは微笑み、甘えるように俺を上目遣いに見た。

もしこの場に他に誰もいなければ、実際、玲衣さんは俺に甘えて……イチャイチャしていたかもしれない。

でも、実際にはそうはならなかった。

「晴人ー？　あたしたちもいるのを忘れないでよ」

「晴人君たちが二人の世界に入っていると……羨《うらや》ましくなっちゃうな」

夏帆はジト目で俺たちを睨み、雨音さんは寂しそうな笑顔《えがお》で俺たちを見つめている。

し、しまった。二人がいるのを忘れて、玲衣さんのことしか見えていなかった。

　玲衣さんはくすっと笑い、椅子《いす》から立ち上がり、俺の耳元にそっと唇《くちびる》を近づける。

「本当は晴人くんに甘やかしてほしいけど、今は我慢《がまん》してあげる。全部の問題が解決したら、二人であのアパートに戻れるものね？」

　玲衣さんがささやく。甘い吐息がかかり、耳がくすぐったい。でも、それはとても心地《ここち》よかった。

「そうだね。必ず戻ろう」

「うん。そうしたら、わたしと晴人くんの二人きりでクリスマスパーティーをするんだもの。晴人くんとクリスマスを祝うのは、琴音じゃない。わたしなんだから」

　玲衣さんは幸せそうな笑みを浮かべ――不満そうな夏帆と雨音さんによって俺から引き剥《は》がされてしまった……。

「抜《ぬ》け駆《が》けは許さないんだから！」「あの家は私と晴人君のものよ……！」

　夏帆と雨音さんが口々に言う。玲衣さんが「わたしが晴人くんを独《ひと》り占《じ》めするんだもの！」なんて言い返して、わーわーと言い合っている。

　と、ともかく……琴音との婚約解消は、この場にいる全員の共通の目的だ。

　クリスマスパーティーは、数日後。決戦の日は迫《せま》っていた。

☆

十二月二十三日金曜日。午後六時。

遠見家主催《しゆさい》のクリスマスパーティーは、葉月《はづき》市の大規模ホテルのホールで行われる。

このホテルも、遠見グループの所有物。市内では数少ない立派なホテルだ。

市内の有力者を集めて、毎年のように豪華《ごうか》なパーティーを開いているらしい。

俺は会場を見回す。立食形式のパーティーということで、白いテーブルクロスがかけられたテーブルが数多く並んでいて、壁際《かべぎわ》には豪勢《ごうせい》な食事が用意されていた。取り放題のビュッフェ形式だ。

本当だったら、腹ペコの男子高校生にとっては嬉《うれ》しいのだが……パーティーなんて初めてなので緊張して食べられないかもしれない……。

「それにしても、いまどき日本で礼装でお越しください……なんて時代錯誤《じだいさくご》じゃない？ドレスは貸し出してはくれるけど……」

俺の隣で、雨音さんがぶつぶつとつぶやいている。

ちらっと雨音さんを見ると、雨音さんは微笑《ほほえ》んだ。

「晴人君にドレス姿の私を見てもらえるのは、嬉しいかもだけどね」

雨音さんは真紅《しんく》のドレスを身にまとっていた。装飾性《そうしょくせい》の高い豪華なワンピース型のドレスで、スカート丈は足元まで隠《かく》れるほど長い。

ただ、スリットが入っていて、雨音さん自慢《じまん》の細くてすらりとした白い脚《あし》が、綺麗に見えている。

布地も透《す》けたような感じの上に、背中の肌《はだ》はほぼすべて露出《ろしゅつ》していた。

手に白いオペラグローブをつけてはいるものの、袖《そで》もない肩《かた》出しルックだ。胸元《むなもと》だって、大胆《だいたん》すぎるほど開いていて、胸の谷間が……。

「晴人君……私に興味津々《きょうみしんしん》だね」

「へ⁉　そ、そんなことないよ……」

「嘘《うそ》つき。私のドレス姿に見とれていたくせに。言っておくけど、これは正式なマナーに則《のっと》った服装なんだからね？」

「そうらしいね」

イブニングドレスという夜会服で、パーティーの場では最も格式の高い服だそうだ。外国の正式な行事では女性のドレスコードとして着用がマナーになっているとか。

日本で着る機会はあまり多くないみたいだけど……。玲衣さんや夏帆はドレスアップに手間取って、とりあえず俺と雨音さんで先に会場に来ていた。ちなみに俺も慣れないタキシード姿だ……。

雨音さんが期待するように俺を見つめる。雨音さんの気持ちを知っている今は、俺も何を期待されているか、わかっている。

「ドレス、すごく似合ってるよ、雨音さん」

「ふふっ、そうかしら？」

雨音さんは嬉しそうに笑い、俺に問いかける。雨音さんは自分でもドレスが似合っていることはよくわかっていると思う。

でも、それを俺に言葉にしてほしいのだ。雨音さんは俺を好きだから。

「雨音さんって美人だし、かっこよくてスタイルも良いし、洋風のドレスを着ても似合うよね。普段《ふだん》のカジュアルな格好も、今の正装も、どちらを見ても、雨音さんは大人の女性なんだなって思った」

それは俺の本心だった。五年前、雨音さんと同居し始めたときは、雨音さんはまだ女子高生だった。

今の俺と同じ十六歳《さい》で、その頃《ころ》から雨音さんはすごく美少女だった。けれど、今は大人びた魅力《みりょく》のある美人女性になっている。

雨音さんは頬《ほお》をほんのりと赤くして、俺を上目遣いに見る。

「ありがとう。そういう風に女性を素直《すなお》に褒《ほ》められるのって、私は好きだな。きっと水琴さんや夏帆たちも、ね」

「そ、そうかな……？」

「そうよ。晴人君も昔は可愛《かわい》い小柄《こがら》な少年だったのに、女たらしになったのよね。可愛い女の子みんなに好かれているし」

「そ、それ、以前も言っていたよね」

「悪い意味で言っているんじゃないんだけどね」

「本当に……？」

「だって、私は晴人君のことが好きだから」

雨音さんはさらりと言い、そして、正面から俺の手をぎゅっと握った。

白いオペラグローブ越しに雨音さんの手の温かさが伝わってくる。

「あ、雨音さん……みんな見ているよ」

「まだ招待客はまばらだし、それに、私たち従姉弟《いとこ》よ？　おかしいとは思われないわ」

「そ、そうかなあ……？」

「水琴さんや夏帆のいないうちに、晴人君の心をつかんでおくの」

なんて、雨音さんが冗談《じょうだん》めかして言う。いや、冗談ではないのかも……。

「それとも、もっと目立つことする？」

「こ、ここでハグとかは……まずいかもね」

「家でだったら、いいの？」

「そ、それは……」

「あ、でもここでもいっか。私が晴人君に抱きついて、キスして、『晴人君大好き!!』って叫《さけ》べば、琴音さんとの婚約もなくなるよ……」

「琴音との婚約もなくなるけど、俺たちの立場もなくなるかもね」

このパーティーは、市内で最大の権力を持つ遠見家主催だ。

遠見グループの関連企業《きぎょう》の役員はもちろん、葉月市長、選挙区の衆院議員や県会議員、隣町《となりまち》の大企業の社長、医者、市出身の有名芸能人……と大物が揃っている。

そんな場で、雨音さんと過剰《かじょう》なスキンシップ（?）をするのは恥《は》ずかしいし、問題になるだろう。

しかも、それだけでは済まない
雨音さんもわかっているみたいで、けろっとした顔をしていた。

「まあ、私が晴人君に手を出して、琴音との婚約を台無しにしたら、大伯父様の意向に反するよね。遠見家の不興を買ってこの街にいられなくなるかも」

「そうそう。だから、その方法は解決策にならないよ」

「じゃ、一緒に駆《か》け落ちしちゃおっか？」

「か、駆け落ち？」

「どこか遠くへ行こうよ。お姉さんの私が晴人君を養ってあげる」

雨音さんは当たり前のように、朗《ほが》らかに言う。少しどきりとしてしまう。

「今日は一応、水琴さんの計画に従ってあげるけどね。上手《うま》くいかなかったら、私がそういう強引《ごういん》な手段を使うから」

雨音さんも解決策を考えていたらしい。

といっても、雨音さんはまだ留学中の女子大生だし、俺もこの街に残りたい。ここには夏帆やユキ、友人たち、そして玲衣さんがいるのだから。

だからこそ、遠見総一朗を説得しないといけない。

この街に残り、琴音との婚約を穏便《おんびん》に解消する方法は、それしかないと思う。

雨音さんはくすりと笑う。

「でも、可愛いお姉さんに溺愛《できあい》されて、同棲《どうせい》するなんて男の子の理想だと思うけどな。水琴さんたちじゃなくて、今からでも私を選んだら？」

雨音さんはすっと顔を俺に近づける。ほとんどキスできそうなほど間近に、雨音さんの凛《りん》とした顔がある。

実際、雨音さんにはキスされたんだった……。その赤いみずみずしい唇を見て、俺《おれ》は急に恥ずかしくなってきた。

俺が口を開く前に、後ろから肩を叩《たた》かれた。

振り返ると、そこには不機嫌《ふきげん》そうな夏帆がいた。

「か、夏帆⁉」

「従姉の雨音さんにデレデレして、晴人ってば、だらしない……」

夏帆はジト目で言う。俺は慌《あわ》てて雨音さんの手を放した。雨音さんが「残念」と肩をすくめる。

もちろん、夏帆もドレスを着ていた。雨音さんとは対象的な青い綺麗なドレスで、大人しい清楚《せいそ》なデザインだ。

胸元や背中は開いていないし、露出度《ろしゅつど》が高いわけじゃない。

ただ、スカート丈は膝上《ひざうえ》とやや短めで、肩も露出している。普段の制服や部屋着姿より、夏帆が大人びて見える。

俺の視線に気づいたのか、夏帆がえへんと胸を張る。

「どう？　似合ってる？」

「とてもよく似合ってるよ。可愛いと思う」

「良かった。こういうのが、晴人の好みかなって思ったんだよね！」

ドレスは遠見家が貸出用を用意してくれていて、使用人の女性たちが親切に選んでくれたそうだ。

可愛い、可愛いなんて彼女《かのじょ》たちに言われながら、着せ替《か》え人形のようにいろいろ試《ため》させられたのだとか。

「こんな綺麗なドレス着るの初めて！　お母さんは毎年招待されてこのパーティーに出ていたみたいだけど」

「佐々木《ささき》家も江戸時代から続く医者の名門だものね」

「そうそう。今日はお母さんは仕事で出られないけど、あたしが代理。そういう晴人も、タキシード似合っているよね」

「そ、そうかな？」

「うん。すごくかっこいい！　晴人ってもともと顔も整っているし、かっこいいのはいつものことだけど、今日は特にかっこいいよ！」

「えっと、褒められると照れるな……」

「あっ、でも、蝶《ちょう》ネクタイが少し曲がっているかも。直してあげる！」

夏帆は俺の胸元に手を伸《の》ばし、蝶ネクタイの位置を丁寧《ていねい》な手付きで直してくれた。

くすくすっと夏帆は笑い、俺を見上げた。

「制服のネクタイもよく緩《ゆる》んでいるから、直してあげたよね？」

「たしかに……。朝一緒に学校に行っていたからね」

「大人になっても、サラリーマンの晴人のネクタイを直してあげる」

「そ、それって……つまり、えっと……」

「晴人と結婚するのは、水琴さんでも琴音ちゃんでもなくて、あたしなんだから。覚えておいてね」

夏帆はその小さな頭を、甘えるように俺の胸に埋《うず》めた。すぐ目の前に、夏帆を見下ろす形になる。袖なしのドレスだから、白い肩や腕《うで》が露《あら》わで、俺はその艶《あで》やかな姿に目を奪われた。

「夏帆もすっかり女の子ね」

雨音さんが横からからかうように言う。

夏帆は俺から離れると、雨音さんをちらりと見る。

「あたし、雨音さんにも負けませんから。晴人が最初に好きになったのは、あたしなんです」

「そうね。私も夏帆に負けるつもりはないもの。晴人君とずっと一緒にいたのは、従姉の私」

夏帆と雨音さんがばちばちと視線で火花を散らす。む、昔は二人は仲良しだったのに。いや、仲が良いからこそ、互いを意識しているのかもしれない。

俺は緊張感《きんちょうかん》に耐《た》えきれず、そのままこっそりその場から立ち去ろうとした。けれど、夏帆が俺の右手を、雨音さんが俺の左手をつかむ。

「「どこ行くの？」」

二人揃って、俺をじっと見つめる。

俺は「ははは」とごまかし笑いを浮かべたが、逃《に》げられそうにない。

とりあえず、二人とも玲衣さんの計画には協力してくれる。この後は、俺は玲衣さんとともにパーティーに臨《のぞ》むことになる。

愛人の子だった玲衣さんは、今まで遠見家の開く行事に参加したことはないらしい。大げさに言えば、社交界デビューだ。

なるべく玲衣さんが優秀な少女だと出席者に印象付ける必要がある。そうすることで、玲衣さんは琴音に対抗《たいこう》しうる遠見家の後継者候補になれるかもしれない。

俺はそのサポートを行い、そして玲衣さんと一緒にいることをアピールする。玲衣さんと俺が親密な仲だと見せつければ、俺の婚約者が玲衣さんになりうる、と遠見家の関係者に思わせることができるだろう。

メイドの渡会《わたらい》さんやその両親をはじめ、遠見家代々の使用人もこの場には参加しているのだ。

「ところで、玲衣さんは？」

俺は話題をそらすことも兼《か》ねて、聞いてみる。

肝心《かんじん》の玲衣さんがまだこの場に来ていない。

「あと少しで来ると思うけど……」

夏帆が言い、俺たちは会場を見回した。すると、ちょうど一人の少女が俺たちの方へ歩いてきていた。

慌てた様子で、彼女は――玲衣さんは俺たちに早足で近づいてきた。

「ご、ごめんなさい。遅《おく》れちゃった！」

玲衣さんは荒《あら》い息遣《いきづか》いで、はぁはぁと息を弾《はず》ませていた。

白い透き通るような肌が、ほんのりと赤く染まっている。

俺も、隣の夏帆や雨音さんも目を見開いた。

玲衣さんは純白の美しいドレスに身を包んでいた。

胸元のあたりから膝下《ひざした》まで、ドレスが玲衣さんのすらりとした身体を覆《おお》っている。オフショルダーで露出度は高いけれど、嫌味《いやみ》な感じはしなくて、純粋《じゅんすい》に綺麗だと感じる。豪華な髪飾《かみかざ》りがついていて、それも玲衣さんの銀色に輝《かがや》くロングヘアと相まって、優美な雰囲気《ふんいき》だ。

玲衣さんはスウェーデン系の血が入っているからか、雨音さん以上にスタイル抜群《ばつぐん》だ。洋風のドレスが似合うのも納得できる。

そして、スカートの丈こそ短いけれど、そのドレスはまるでウェディングドレスのようだった。

「ど、どうしたの？　みんな？」

玲衣さんが俺たちをきょろきょろと見回す。夏帆はむうっと頬を膨《ふく》らませて、雨音さんは肩をすくめていた。

「やっぱり今日の主役は玲衣……水琴さんね」

雨音さんが小さく言う。夏帆もうなずいていた。

俺も同感だった。

「ど、どういうこと？」

本人だけはわかっていないらしく、可愛らしく首をかしげる。

白い肩に銀色の髪がふわりとかかった。

夏帆が俺と玲衣さんを見比べた。

「水琴さんのドレスが一番似合っているってこと！　悔しいけど……晴人の目も水琴さんに釘付《くぎづ》けだし」

「そ、そうなの⁉」

玲衣さんがびっくりしたように俺を青色の瞳《ひとみ》で見つめる。

夏帆と雨音さんの二人の視線が気になったけど、俺はうなずいた。

俺は玲衣さんを褒めようとして……言葉が出てこなかった。夏帆や雨音さんを褒めるときはすらすらと言葉が出てきていたのに。

玲衣さんは「あっ」と小さくつぶやくと、恥ずかしそうに顔を赤くして目を伏せた。

「晴人くん……顔、真っ赤だね」

言われてみれば、自分の頬が熱いのを感じる。言葉にしなくても、玲衣さんには……俺が玲衣さんを美しいと思っているのが伝わってしまったらしい。

隣の二人がヤキモチを焼いているかと思って見ると、雨音さんが寂《さび》しそうな微笑みを浮かべ、夏帆の手を取る。

「私たちはお邪魔《じゃま》だろうから、行こっか、夏帆」

「で、でも、やっぱり晴人と水琴さんを二人きりにはできないよ！　だって、このままだと晴人が水琴さんに陥落《かんらく》しちゃう！」

「そうね。でも、今日は二人きりにしてあげましょう」

雨音さんはきっぱりと言うと、不服そうな夏帆を連れて行った。雨音さんは玲衣さんの計画のために、去ることにしてくれたのだろうか。

俺と玲衣さんは二人きりになる。玲衣さんは「えへへ」と照れたように笑う。

「聞かなくてもわかるけど……似合ってる？」

「すごくすごく可愛いよ」

俺が勇気を出して言うと、玲衣さんは嬉しそうにぱっと顔を輝かせた。

「晴人くんにそう言ってもらえて、晴人くんの隣にいられて、わたしは幸せ。晴人くんもかっこいいよ」

「あ、ありがとう」

「行かなきゃ、だよね」

玲衣さんの言葉に俺はうなずいた。

遠見総一朗は、急用でパーティーの途中《とちゅう》から参加だそうだ。そのタイミングで全体に挨《あい》拶《さつ》をするらしい。

説得するなら、その直後だ。ちなみに琴音もまだ会場に来ていない。琴音に妨害《ぼうがい》を受ける可能性もあるから、その方がありがたいが……。

ともかく、ここで失敗すれば、琴音が婚約《こんやく》を大々的に発表し、俺はいよいよ引き返せなくなる。

「必ず、わたしが二人の婚約を阻止《そし》してみせるから」

玲衣さんはそう言って、深呼吸した。

☆

パーティーの冒頭《ぼうとう》の挨拶は、遠見グループの持株会社・遠見ホールディングス副社長によって行われた。

彼《かれ》は遠見総一朗の息子《むすこ》で、玲衣さんと琴音の父の弟、つまり叔父《おじ》だ。

ごく平凡《へいぼん》な挨拶で大きな問題はないが、少年の俺の目から見ても、覇気《はき》が感じられなかった。遠見総一朗が「遠見グループは人材不足」と言っていたのを、少し実感する。

俺と玲衣さんにとっては、周りは知らない人間ばかりだ。遠くから夏帆や雨音さんを見ると、楽しそうに談笑《だんしょう》している。

二人ともコミュ力が高いというか、人付き合いが得意なタイプだ。夏帆は昔からそうだったし、雨音さんも高校生のころはやや内気だったけど、今はその面影《おもかげ》もなくて社交的だ。

一方の玲衣さんは……真逆だ。こちこちに固まってしまっている。

「えっ、あっ、はい……」

玲衣さんは小声で消え入るような声で受け答えしている。

それでも、会場の人たちは玲衣さんに優しかった。

遠見グループの会社の役員だという人と話し終わり、一瞬《いっしゅん》、二人になったとき、玲衣さんがささやく。

「な、なんか……わたし、ずっとみんなに見られている気がするんだけど……」

「玲衣さんがものすごい美人だからだと思うけど」

「晴人くんにそう思われるのは嬉しいけど……他の人に注目されるのは……困っちゃうかも」

玲衣さんは目を伏せて言う。

玲衣さんが目立っている理由は、一つはもちろん、ドレスアップした玲衣さんがものすごく綺麗だからだ。銀髪《ぎんぱつ》美少女という外見はとてもめずらしいし。

それに加えて、玲衣さんはずっと公式の場に姿を現さなかった。遠見の深窓の令嬢《れいじょう》として有名だった、と雨音さんから噂《うわさ》を聞いた。

その二つの理由で玲衣さんはとても目を引くのだと思う。

ただ、本人にとってはそれがかなり負担のようだった。

玲衣さんは、夏帆や雨音さんをちらりと見て、羨ましそうな表情を浮《う》かべる。

二人のそつのなさが玲衣さんにはまぶしく見えるのだろう。

「わたしも……頑張《がんば》らなきゃ」

「無理しなくていいんだよ」

「でも、遠見家の後継者《こうけいしゃ》に名乗りを上げるなら……このぐらい平気でできないと」

それはそうかもしれないし、将来的には玲衣さんの引っ込《こ》み思案《じあん》は変えていかないといけないかもしれない。

でも、玲衣さんに辛《つら》い思いまでしてほしくはない。

そのとき、人影《ひとかげ》が近づいてきた。振り向くと、相手は俺たちの知っている人間だった。

若い美人女性だ。流れるような黒い髪が印象的で、清楚な雰囲気だ。ブラウンのシックなドレスに身を包んでいる。

「あなたは……」

女性はちょっと驚《おどろ》いた顔をした。

彼女は、うちの学校の化学教師だった。佐々木冬花《とうか》。夏帆の叔母《おば》だ。佐々木家も葉月市内では歴史の古い家で、冬花さんがパーティーに呼ばれていることに不自然な点はない
彼女は、俺と夏帆が実の姉弟《してい》だと思《おも》い込んで、俺と夏帆の関係を激しく非難した。もともと冬花さんは、夏帆の母の秋穂《あきほ》さんと折り合いが悪かったらしい。夏帆の父（つまり冬花さんの兄）の死をめぐって対立関係にもあった。

冬花さんが秋穂さん、そして夏帆を憎悪《ぞうお》していたのは、秋穂さんとうちの父さんが不倫して、兄を裏切っていたと思い込んでいたからだ。

そういう背景で、父さんの息子の俺も攻撃《こうげき》の対象になったわけ。俺は「落ちこぼれ」とすら言われたわけだけれど……。

玲衣さんが不安そうに俺の表情を窺《うかが》う。またトラブルになるのを心配しているのだろう。でも、大丈夫だと俺は知っていた、。

冬花さんの表情は明るくて、急に両手で俺の手を握《にぎ》った。

「こないだはありがとう！」

「い、いえ……お礼を言われるようなことは何もしていませんから」

玲衣さんが目を丸くしていた。驚いて当然だと思う。冬花さんがあまりにも以前と態度が違《ちが》うからだ。

「いいえ。君のおかげで誤解も解けて夏帆さんや秋穂さんに謝《あやま》ることもできたし」

冬花さんが微笑み、それから玲衣さんに向き合い、経緯《けいい》を説明する。

俺と夏帆の血縁《けつえん》や父さんたちの不倫《ふりん》の疑惑《ぎわく》を解消するには、それなりに苦労した。物的な証拠《しょうこ》があるわけでもない。冬花さんは、思い込みが激しいタイプだったから、なおさらだ。

でも、パーティー前の数日のあいだには、事態を解決できた。学校で、俺が冬花さんの下を何度も訪《おとず》れ、納得《なっとく》させたのだ。夏帆にとっても、秋穂さんにとっても、そして冬花さん自身にとっても誤解のあるままなのは不幸なことだから。

「秋原君が同席してくれたおかげで、秋穂さんや夏帆さんにも謝って仲直りすることができたし」

「それは俺のおかげじゃなくて、秋穂さんや夏帆、それに先生自身が率直《そっちょく》に話す勇気があったからですよ」

俺は本当に同席しただけだ。もっとも、三人が会う場をお膳立《ぜんだ》てしたのは、俺ではあるけれど。

「そんなことないわ。それと……生徒の君を『落ちこぼれ』だなんて呼んでしまって、本当にごめんなさい」

「気にしていないですよ」

「なのに、私のために力を尽《つ》くしてくれてありがとう」

気にしていないのは本当で、俺が落ちこぼれなのは事実だったからだ……。

ただ、これからはそうも言ってられないな、とも思う。俺は玲衣さんを支え、遠見家の後継者レースに名乗りを上げるなら……成績だって優秀であることが求められるだろう。

冬花さんは俺の手を握ったままなのに気づいたのか、慌てて手を離し、頬を赤くする。

そして、くすりと笑うと、柔《やわ》らかい表情を浮かべた。

「君はいい子ね。なにか困ったことがあったら言って。できるかぎり力になるから」

「なら、良ければ勉強を教えていただければ嬉しいです。化学は得意ではないので……」

「教師だもの。勉強を教えるぐらい当然するわ。私、成績は優秀だったし、他の科目でも個人授業をしてあげる」

冬花さんはかなり俺に好意的な雰囲気でそう言う。冬花さんは片手を挙げて「じゃあね」と笑顔で去っていった。

そして、玲衣さんを振り返ると、玲衣さんはむうっと頬を膨らませていた。

「ど、どうしたの？」

「晴人くんってやっぱりモテるよね……」

「え？　そう？」

「年上の美人教師の心もばっちりつかんでいるし……」

「そ、そんなんじゃないよ」

「それに、勉強だったら、わたしが教えてあげるって言ったのに」

「いいの？」

「わたしも晴人くんの力になりたいもの。晴人くんがわたしの力になってくれるように。ね？」

　玲衣さんは柔らかく微笑んだ。玲衣さんに勉強を教えてもらう……というのは良いかもしれない。

　なんといっても、玲衣さんは進学校のうちの学校でも、一桁《けた》順位の成績優秀者《ゆうしゅうしゃ》なのだから。

　ただ……。

　玲衣さんは、俺に支えられていると言った。でも、本当にそうだろうか？

　俺が玲衣さんにふさわしいと信じるためには……どうすればいいのか。玲衣さんの美しい横顔を見て、俺はそんなことを考えた。

　その後も、俺と玲衣さんは立て続けにいろいろな人と話した。玲衣さん目当てでいろいろな人がやってくる。

玲衣さんを政治的に利用しようという人間もいれば、単なる好奇心《こうきしん》の強い野次馬《やじうま》みたいな人、それから異性として下心のある人……といろいろなタイプの人間がいるとは思う。

ただ、もちろん、悪い人ばかりでもないし、彼らは総じて少年少女の俺たちに親切だった。

それでも、やっぱり玲衣さんは人付き合いが苦手なようで、かなり苦しそうだ。

気づくと玲衣さんが肩で息をしている。顔が真っ青だ。玲衣さんがふらついて、慌てて俺が支える。

「玲衣さん⁉　大丈夫？」

「へ、平気……ちょっと……」

そのあとは言葉にならなかった。話すことすら苦しいんだろう。

おそらく過呼吸だと思う。慣れないことがストレスになったんだ。

俺はあたりを見回す。

医務室のようなものがあれば、そこへ連れて行くべきだろう。

玲衣さんは抵抗《ていこう》しようとしたが、結局、俺の肩によりかかる。

間が悪く、夏帆や雨音さんは会場の反対側の端《はし》にいて、こちらに気づいていない。ただ、近くにいたメイドの渡会さんが慌ててこちらにやってきた。

「れ、玲衣お嬢様《じょうさま》！」

渡会さんもシンプルなドレスに身を包んでいて、参加者の一人だ。上級使用人の娘《むすめ》だからなのだろう。

そして、こういう不測の事態に対応するためにも控《ひか》えているのだと思う。

俺と渡会さんは二人で玲衣さんに肩を貸して、会場の外へと連れ出した。周りの客が心配そうに見つめている。

でも、その視線も玲衣さんにとっては負担かもしれない。

会場外の廊下《ろうか》に出ると、玲衣さんは少し落ち着いた様子で、呼吸が元通りに戻《もど》ってきた。

玲衣さんが、廊下の壁沿いに置かれた長椅子《ながいす》を指し示す。休憩《きゅうけい》用のものだろう。

「ここで休めば平気だと思うの」

「でも……」

「大丈夫。もう息苦しいこともないし」

玲衣さんは弱々しく微笑んだ。

たしかに医務室に連れて行くほどではないかもしれない。俺は渡会さんにうなずいてみせる。

渡会さんも少し安心した様子で、「またなにかあったら、すぐに呼んでくださいね？」

というと、俺たちを置いて会場へと戻って行った。

二人きりにしてくれたんだろう。渡会さんは琴音の意向で動いているわけではなく、誰《だれ》か別の遠見の人間に従っているらしい。

だから、俺たちの計画を妨害する心配もない。

玲衣さんが長椅子に腰掛《こしか》けたので、俺もその隣《となり》に座《すわ》る。

玲衣さんがちらりと俺を見た。

「迷惑《めいわく》をかけて、ごめんなさい」

「いいよ。そんなことは気にしなくて。それより玲衣さんの体調が心配だよ。こないだだって、体調が悪くて病院に行ったんだよね？」

「わたしなら平気だから……」

「平気には見えないな。しばらくは休んだ方がいいよ」

この分だと、遠見総一朗の説得まで、玲衣さんの体力や気力が持つかわからない。玲衣さんはかなり消耗《しょうもう》しているし、無理はさせたくなかった。最近も体調を崩《くず》しているからなおさらだ。

そうなったら、俺一人で遠見総一朗を説得するしかない。

でも、玲衣さんは首を横に振《ふ》った。

「ダメ。わたしが頑張らなくちゃ……遠見家の後継者にふさわしいって示さないといけないもの」

「でも、無理をしちゃダメだよ」

「わたしにはハンデがあるから、無理ぐらいしないと。わたしは愛人の子だから、みんなから嫌《きら》われてる。だから、それを撥《は》ね返せる力を見せないといけない。なのに……」

玲衣さんは自分の小さな手に目を落とした。ドレス姿の玲衣さんは、とても儚《はかな》げに見えた。

「たくさんの人に見られるのが怖《こわ》い。みんなが珍《めずら》しそうにわたしのこと、見てる。遠見家の娘としてちゃんと振る舞《ま》わないといけないのに……わたし、全然上手く話せてないよね」

「俺だってそうだし、緊張して当然だよ」

「でも、雨音さんや佐々木さんは、社交的で、たくさんの人と上手に話せてる。琴音もこういう場は慣れてるから、きっとそつなくこなせると思う。でも、わたしは全然ダメ。もっとしっかりしないといけないのに」

「雨音さんは大人で、夏帆は人付き合いがかなり得意な方だから、比べる必要はないと思うよ。玲衣さんは琴音みたいに、こういう場に出る機会もなかったんだから慣れていなくても仕方ない。焦《あせ》る必要はないよ」

俺はゆっくりと言う。でも、玲衣さんはつらそうな表情を浮かべていた。

「わかってる。でも、今のわたしじゃ、きっとお祖父様《じいさま》を納得させられない。そうなったら、琴音が晴人くんの婚約者《こんやくしゃ》になっちゃう。そうしたら、わたしはまた一人ぼっち」

「玲衣さん……」

「わたしは居場所がほしいだけなのに。晴人くんの隣にいたいだけなのに。どうしてわたしはいつも……力がないの？」

玲衣さんはそんなふうに、ひとり言をつぶやいた。

これまで、玲衣さんは遠見家に迫害《はくがい》されて、学校でも孤立《こりつ》していて……ようやく見つけた居場所が俺の家だった。

でも、それもいまや、琴音の手によって奪《うば》われようとしている。遠見総一朗の説得に失敗すれば、玲衣さんには後がない。

玲衣さんが屋敷《やしき》に戻るにしても、独りで秋原家のアパートに行くにしても、俺は玲衣さんのそばにはいられなくなる。

慣れないパーティー、大勢の客の好奇《こうき》の視線、そして遠見総一朗を説得するプレッシャー。

玲衣さんがおかしくなってしまうのも当然だ。

泣きそうな玲衣さんを、俺は救いたかった。同時に、こんなふうに玲衣さんを追い詰《つ》めた遠見家に、強い憤《いきどお》りも感じた。

だけど、俺に何ができるのだろう？　無色透明《むしょくとうめい》な、何の取り柄《え》もない俺に……。

考えて、俺は今一つだけ、できることがあることに気づいた。

傷つき倒《たお》れてしまいそうな玲衣さんを支えることだ。

俺は立ったまま、座っている玲衣さんに手を伸ばす。そして、身をかがめ、玲衣さんの背中に手を回して抱《だ》きしめた。

玲衣さんはびっくりした様子で、でも、俺を拒《こば》みはしなかった。

「は、晴人くん……？」

「嫌《いや》だったら言ってよ」

「嫌なわけない。晴人くんが抱きしめてくれるんだもの。とっても、嬉《うれ》しい」

すぐ間近の玲衣さんは顔を赤くして、微笑《ほほえ》む。

嫌じゃない、と言われた俺は、玲衣さんを抱きしめる手に力をこめた。

「きゃっ……は、晴人くん、嬉しいんだけど……急にどうしたの？」

「俺が玲衣さんを抱きしめたくなったから。それが理由じゃダメかな？」

「ダメじゃない。でも、本当は……わたしを慰《なぐさ》めてくれているんでしょう？」

「まあ、そういう面もあるけど……でも、玲衣さんが可愛くて抱きしめたのも、本当だから」

「そ、そうなんだ……」

玲衣さんはかなり照れていて、目を泳がせている。

俺もちょっと恥ずかしい。

俺の胸と玲衣さんの身体の柔らかい部分が、触《ふ》れ合っていて……玲衣さんの温かさを意識させられる。

そして、今、強引にそういう体勢を取ったのは、俺自身だった。

今までだって、玲衣さんと抱き合ったことはある。けれど、それはほとんど、偶然《ぐうぜん》の事故か、あるいは玲衣さんからお願いされたか、玲衣さんから抱きついてくれたかのどれかだった。

つまり、俺自身が積極的にハグしたわけじゃない。

でも、今回は違う。玲衣さんだって、俺に抱きしめられるとは予想もしていなかったと思う。

俺は俺自身がそうしたいから、玲衣さんを愛《いと》おしく思うから、今、玲衣さんを抱きしめた。

そのことが重要なのだと思う。

もし俺が玲衣さんとともに、遠見家の後継者になるなら、今までみたいな無色透明な存在ではいけない。

俺自身が選んで、玲衣さんの隣に立てることが必要だ。

このハグはその第一歩なんだと思う。

玲衣さんの手がぎゅっと俺の腕をつかみ、すがるようにしがみつく。その玲衣さんに俺は優《やさ》しく言う。

「大丈夫《だいじょうぶ》。玲衣さんは一人じゃない。玲衣さんに力がないとしたら、今はまだ、俺だって無力で無色透明の存在だ。でも、二人でなら問題を解決できる。解決できるようになりたい」

「……晴人くんがわたしを支えてくれるの？」

「もちろん。玲衣さんが不安なときは俺がそばにいるし、玲衣さんがくじけそうになったら俺が助ける。だから、二人で……遠見家の問題を解決しよう」

「うん。そうだね。晴人くんがわたしの婚約者になって……わたしと一緒《いっしょ》に遠見家の後継者になってくれるなら、とても心強いと思う。でも……」

俺には琴音だけじゃなくて、夏帆も雨音さんもいる。玲衣さんはそう言いたいのだろう。

だからこそ、今回、玲衣さんが目指すのは、あくまで俺と琴音の婚約を保留にすることだった。玲衣さん、琴音のいずれかが、俺とともに遠見家の後継者となる構図を作る。

そうすれば琴音との婚約は保留になる。ただ、それを完璧《かんぺき》にするには、最後のピースが必要だ。

実際に玲衣さんが遠見家の後継者に選ばれたとき、俺が玲衣さんの婚約者になると宣言すること。

玲衣さんは俺を気遣《きづか》ってあえて聞かないでくれているのだと思う。実際、夏帆たちのことがあるのに、俺は軽率《けいそつ》に玲衣さんの婚約者になるとも表明できなかった。

婚約を止めるだけなら、必ずしもそうする必然性もない。玲衣さんが後継者候補に名乗りを上げるだけで、玲衣さん・琴音は対等な立場になり、俺との婚約は保留になる。

だが、遠見総一朗を説得できるだろうか？　玲衣さんは愛人の子という生まれの面で不利だ。

確実に遠見家の後継者候補とするには……俺が玲衣さんを選ぶ、と言えば効果は大きいかもしれない。

俺は……どうすればいいだろう？

そのとき、廊下の曲がり角から、琴音、そして遠見総一朗がやってきた。ちょうどこれから、二人ともパーティーに参加するらしい。

ちょうど俺と玲衣さんは抱き合っている。タイミングが悪い……！

俺たちは顔を見合わせ、慌てて互《たが》いを抱く手を離《はな》す。

「へえ、私がいないあいだに、姉さんたちはイチャイチャしていたんですね」

琴音は不機嫌そうに俺たちを睨《にら》んでいた。琴音も上品かつ高級そうなドレスで着《き》飾《かざ》っている。ドレスは淡《あわ》いパステルカラーの桜色で、背中の開いたフォーマルなドレスだった。

ドレスの貸し出しを受けた玲衣さんと違って、琴音は自分用のドレスがあるのだろう。もともと琴音は社交の場に出ることも多かったし、着慣れている感じがする。

アクセサリーには、おそらく本物の大きなダイヤモンドがついていた。さすが遠見家嫡流《ちゃくりゅう》のお嬢様だ……。

琴音は気を取り直したように微笑む。

「どうですか、先輩《せんぱい》。婚約者のドレス姿は？」

「琴音……俺は……」

もちろん、似合っているし、とても綺《き》麗《れい》だと思う。それはそうだろう。このドレスは、琴音のために作られていて、琴音は豪華《ごうか》なドレスを身にまとうのがふさわしい美少女なのだから。

琴音は両親を失ったけれど、遠見家から多くのものを与《あた》えられてきたのだと思う。

だけど、俺《おれ》は琴音のドレス姿を今、ここで褒《ほ》めるわけにはいかない。だって、俺の隣には玲衣さんがいて、これから琴音との婚約を破棄《はき》するのだから。

もう一つ理由がある。

俺は……玲衣さんの方がずっと美しいと思っているから。

琴音もそのことには気づいているらしい。肩《かた》をすくめた。

「先輩の婚約者は、少なくとも、今は私です。なのに、浮気《うわき》していたんですか？」

「俺はまだ、琴音を婚約者と認めたわけじゃない」

「そうですね。でも、すぐに私たちは正式な婚約者になります。このパーティーで、私たちは婚約を発表するんですから！」

琴音はきっぱりと言い切る。

そう。琴音の計画通り進めば、いよいよ引き返せない。だからこそ、その前に遠見総一朗を説得する必要がある。

遠見総一朗の挨拶の後に本人を捕《つか》まえて直談判《じかだんぱん》するつもりだった。

でも、偶然ここで会ったのは、ちょうどいい機会だ。ここなら当事者以外には誰もいない。

遠見総一朗は紋付袴《もんつきはかま》の和服の礼装をしていた。威圧《いあつ》感がすごい……。

白いひげが特徴的《とくちょうてき》な、威厳《いげん》のある容姿だ。斜陽《しゃよう》とはいえ、巨大企業《きょだいきぎょう》グループのトップでもある。

しかも、遠見家の抱《かか》えた問題の一つは、外部企業《きぎょう》の大規模な出資によって回避《かいひ》された。

遠見総一朗はその出資の交渉《こうしょう》を成功させたわけで、自信たっぷりというわけだ。

それでも、俺たちは立ち向かわないといけない。

俺が言葉を発しようとしたとき、玲衣さんが俺の服の袖《そで》をつかんだ。

「これは……わたしの問題だから。わたしから話させて」

「わかった」

俺がうなずくと、玲衣さんもこくりと首を縦に振った。そして、遠見総一朗をまっすぐに見つめる。

「お祖父様、大事なお話があります」

「何かな。壇上《だんじょう》での挨拶まで時間がない。手短に頼《たの》むよ」

そう言いながらも、遠見総一朗はすべてを知っているような表情を浮かべていた。

俺たちの考えていることは、遠見総一朗にはすべてお見通しなのかもしれない。

その上で、遠見総一朗が琴音を俺の婚約者に……と言うなら、俺たちにその結論は覆《くつがえ》せないかもしれない。

それでも、チャレンジしてみるしかない。

玲衣さんは緊張した面持《おもも》ちで口を開いた。

「わたしは晴人くんと琴音との婚約に反対です」

「なぜ？　わしの決定が気に入らないかね？」

遠見総一朗は短く問い返した。威圧的《いあってき》な口調ではないが、玲衣さんはびくっと震《ふる》える。

その表情は怯《おび》えていて、身体も小さく縮こまってしまっていた。

よほど遠見総一朗が怖いのだろう。ずっと玲衣さんを抑圧《よくあつ》してきた遠見家の当主なのだから、当然だ。

でも、これでは遠見総一朗の説得は……できないかもしれない。

「そ、それは……えっと……晴人くんも望んでいませんし……」

「それだけか？」

「いえ、その、あの、わたしも遠見家の後継者になれるはずですから」

「玲衣が？」

遠見総一朗はまったくの無表情だった。

玲衣さんは動揺《どうよう》していた。短い問い返しは、玲衣さんには否定のように聞こえたのだろう。

「わ、わたしなんかが……わたしみたいな『いらない子』が遠見家の後継者になるなんて、その、おかしいかもしれませんけど……」

玲衣さんはそんなことを口走ってしまう。その表情は、かなり自信がなさそうで、不安そうだった。

こ、これではダメだ……。玲衣さんは琴音より優秀《ゆうしゅう》だからこそ、後継者候補になりうる。

でも、これでは、玲衣さんは琴音より優秀だなんて印象付けられない。玲衣さんは本当は、すごく優秀で完璧な少女だ。

でも、遠見家という自分を冷遇《れいぐう》してきた存在と向き合ったとき……玲衣さんは完全に自分を見失ってしまったようだった。

琴音が憐《あわ》れむように玲衣さんを眺《なが》めている。意外にも琴音は何も口を挟《はさ》むつもりがないらしい。

玲衣さんが後継者候補に名乗りを上げるのも、琴音からしてみれば想定の範囲内《はんいない》だったのかもしれない。

そして、それが失敗するのも……。

いや、まだ失敗すると決まったわけじゃない。

俺は玲衣さんのドレスの袖をつかんだ。玲衣さんが驚いて、こちらを振り向く。

「は、晴人くん……」

玲衣さんは泣きそうな顔をしていた。そんな玲衣さんの手を俺はそっと握る。

「大丈夫。俺がついているから」

「う、うん……」

玲衣さんは深呼吸した。少し落ち着いた様子で、そして、遠見総一朗をふたたび見上げる。

「わたしだって遠見家の娘です！　なら、わたしが晴人くんの婚約者になって、二人で遠見家の後継者になることもできるはずだと思います。お祖父様もご存知《ぞんじ》だとは思いますが、わたしは琴音よりも優秀です。きっと遠見家を立て直してみせます」

「それで？」

「で、ですから晴人くんと琴音との婚約は保留にしてください。わたしと琴音、どちらが遠見家の後継者にふさわしいか、決着がつくまで待っても遅《おそ》くないはずです」

遠見総一朗からしてみれば、玲衣さんを後継者にすることが現実味を帯びれば、琴音と俺の婚約を急ぐ必要もなくなる。

遠見家の利益のために、より良い後継者を選ぶために、時間をかけてもよいはずだ。

ところが、遠見総一朗は首を横に振った。

「いまのところ、私は玲衣を後継者にするつもりも、晴人君と結婚《けっこん》させるつもりもない」

厳しく冷たい結論が俺たちに突《つ》きつけられる。琴音は隣で勝ち誇《ほこ》った顔をして、ふふっと笑っていた。

玲衣さんの顔が焦りで引きつる。

「ど、どうしてですか？　わたしがお母さんの……愛人の子だから？　でも、それなら、わたしがお祖父様の養子になれば済みます。ハンデがあるのはわかっていますが、それをカバーできるだけの能力も示してみせることだって――」

「そういうことではない、玲衣」

遠見総一朗は静かに言った。

そして、思いの外、優しい視線で玲衣さんを見つめる。

「わしが玲衣を後継者にしないのは、玲衣がそれを望んでいないからじゃ」

「わ、わたしは遠見家の後継者になりたいと思っています！」

「違うな。琴音は遠見家を受け継《つ》ぐ覚悟《かくご》ができている。そういうふうに琴音は育てられた。だが、玲衣は違う」

「そ、それはわたしでは能力が足りないということですか……？」

「能力の問題ではない。意思の問題だ。たしかに玲衣は、琴音にはない美徳があるかもしれない。だが、遠見家を継承《けいしょう》することを、玲衣は本心から望んでいるかね？　本当の願いは別のところにあるのじゃろう？」

「それは……」

「正直に言ってごらん」

遠見総一朗は穏《おだ》やかな口調でそう言った。俺は遠見総一朗の意外な一面を見た気がした。玲衣も琴音も大事な孫、と遠見総一朗はかつて言っていた。その言葉に、嘘《うそ》はないのかもしれない。

玲衣さんは戸惑《とまど》った様子でうつむき、そして言葉を紡《つむ》ぐ。

「本当は、わたしにはほしいものがあるんです。譲《ゆず》れないものがあるんです。わたしは、晴人くんがほしい。だから、遠見家の後継者になって、晴人くんの婚約者になろうとしました。それは間違《まちが》っているのでしょうか……？」

「間違っているとは言わない。だが、それは問題の一面だけを切り取ったものだ。君は晴人君を手に入れて、その後はどうしたい？」

「それは、晴人くんとずっと一緒に暮らして……」

そこで玲衣さんの言葉は途切《とぎ》れてしまう。

そう。その先のことを、俺たちはまったく具体的にイメージできていない。多少は想像できるとしても、それを明るい未来として思い描《えが》けない。

二人で遠見家の後継者として、遠見グループを経営することにはなると思う。それを玲衣さんは俺に重荷を背負わせることになる、と恐《おそ》れていた。

反対に、琴音の態度は明確だった。琴音は俺を婚約者として、遠見グループの後継者になる。

それが琴音の望みだし、そうすることで琴音は俺を幸せにできると言い切った。

遠見総一朗は、玲衣さんに問う。

「仮に、今後、玲衣が遠見家の後継者として認められて、晴人君と婚約したとしよう。だが、それが幸せなことだと言い切れなければ何の意味もないのではないかな？」

遠見総一朗の言うことは正論だった。能力ではなく意思の面で、玲衣さんは琴音の代わりにならない。

玲衣さんは口をぱくぱくさせていて、何も反論を思いつかないようだった。

このままでは、遠見総一朗は考えを改めない
でも、これは玲衣さんのせいじゃない。玲衣さんが遠見家を背負う未来を思い浮かべられないのは俺のせいでもある。

俺が玲衣さんの婚約者になると決意できていないから、玲衣さんは自分の判断に確信が

持てない。

玲衣さんは俺を気遣ってくれている。夏帆や雨音さんのこともあるし、俺が遠見家に拘《こう》束《そく》されて、将来の可能性を失うのを、玲衣さんは気にしていた。

だから、玲衣さんは、遠見家の後継者となる覚悟を決められないし、それが幸せなことだと明言できない。

だとすれば、足りないピースは一つだけだ。

遠見総一朗が俺を振り向く。

「晴人君。君はどうしたい？」

「俺、ですか？」

「そうだ。君は、琴音が婚約者では不満かね？」

平坦《へいたん》な声だが、遠見総一朗の威圧感に俺は一瞬、黙《だま》ってしまう。

不満、というわけじゃない。琴音は清楚《せいそ》な美少女で、そして、俺を好きでいてくれる。

琴音と結婚すれば、遠見家の後継者という立場も手に入る。

それを魅力的《みりょくてき》だと思う男は多いと思う。

でも、俺は違う。俺にはもっと大事なことがあって、玲衣さんがいるのだから。

遠見総一朗相手でも、俺ははっきりと自分の考えを言わないといけない。

そうすることが、玲衣さんの計画を成功させることに……つまり、玲衣さんを支えることにつながる。俺も覚悟を決めないと。

俺は琴音をちらりと見た。琴音は俺と目が合うと優しく微笑む。ただ、その瞳《ひとみ》は不安そうに揺《ゆ》れていた。

これから、俺が言おうとしていることを予測しているのかもしれない。

俺は遠見総一朗をまっすぐ見つめる。

「不満があるわけではありません。琴音みたいな魅力的な女の子が、俺を好きだと言ってくれて、俺を婚約者に望んでくれるのは、とても光栄なことだと思います。それに、ご当主様は、祖母との約束で俺を気にかけてくれて、今は平凡《へいぼん》な俺を遠見家の後継者にしようとしてくれているのですよね？　それはありがたいことだと思います」

「ふむ。それなら、君は琴音との婚約《こんやく》を受け入れるのかな？」

「いえ、それは違います」

「なぜ？」

「これまで、俺は平凡な……無色透明な存在でした。でも、それではどんな選択《せんたく》をするにしても、失格だと思います。それでは俺は玲衣さんのことも、琴音のことも、幼馴染《おさななじみ》や従姉のことも支えることができません。だから、俺は自分の力で立てるような存在になりたいんです」

「それは素晴《すば》らしい決心じゃが、何もそう急ぐことはない。立場が人を作る。君は琴音を救ってくれた。これからも琴音の婚約者としてそばにいることで、いずれ君は十分に意味のある存在になれる」

「そうですね。そうかもしれません。琴音の力を借りて、遠見家の言う通りにしていればいいのかもしれません。そうすれば俺は大金持ちになれるかもしれない。でも、そんなのには俺はまったく興味はありません」

「ほう?」

「……五年前の葉月市の大火災、あのとき、俺の母は死にました」

俺の言葉に玲衣さんも琴音も目を見開いて固まる。遠見総一朗すら、意外そうな表情を浮《う》かべた。

「あれは不幸な事故じゃ。君の母上も若いのに気の毒だったな。私も甥《おい》の妻の葬儀《そうぎ》だから参列したよ。だが、それがどうしたのかね?」

「あの火災の原因を作ったのは遠見家ですよね?」

遠見総一朗は、目を瞬《まばた》かせるが、表情を変えなかった。

「繰《く》り返すが、あれは不幸な事故だよ。遠見グループには責任はない。じゃが、仮にそうだとしたら、どうだというのだね？」

「ご当主様は、玲衣さんに『遠見家の当主になって、どうしたいか？』と問いかけましたね？」

「そのとおり。そして、それは君にも問いたいことだった」

「俺は、あんな火災が二度と起きないように、遠見グループを変えてみせます。それが俺のしたいこと……俺の意思です」

　俺は静かにそう言うと、遠見総一朗を睨んだ。遠見総一朗も俺を見つめ返している。威圧感に足がすくむが、目をそらすわけにはいかない。

　遠見グループの後継者候補《こうけいしゃ》に名乗りを上げるということは、あの大火災のことも背負うことになる。俺や雨音さんから大事なものを奪ったあの火災を、なかったことにすることはできない。

「その俺の意思を支えてくれるのは、玲衣さんだと思います。俺が支えたいのも、琴音ではなく玲衣さんなんです。もし玲衣さんが遠見家の後継者になるなら、俺も玲衣さんを支える存在になりたい。そうすることで、俺は玲衣さんにも、遠見家にもふさわしい後継者になれますし……俺の意思も叶《かな》えることができます」

「ふむ。遠見家の後継者になるつもりはあるのじゃな」

遠見総一朗は短く言うと、俺をまっすぐにじっと見つめた。その黒い瞳は爛々《らんらん》と輝《かがや》き、俺を品定めするように見ていた。

俺はその圧迫《あっぱく》感に負けそうになる。

でも、まだ、言わないといけないことがある。

「俺に遠見家の後継者になれというなら、俺を玲衣さんと結婚させてください。俺にもほしいものはあるんです。玲衣さんを……俺にください！」

その場の全員、つまり玲衣さんも琴音も遠見総一朗も固まった。

それから玲衣さんがみるみる顔を赤くする。

「は、晴人くん……それって……」

「俺が玲衣さんの婚約者になるよ。決めたんだ」

「で、でも……」

「俺は玲衣さんの力になりたい。玲衣さんを支えたい。だから　玲衣さんの婚約者になるって決めたんだ。もし二人で遠見家の後継者になるなら、それでもかまわない。俺が玲衣さんを必ず幸せにしてみせるから。だから、玲衣さんも俺に力を貸してほしい」

玲衣さんは一瞬《いっしゅん》、言葉が出てこないようだった。そして、少しして口を開く。

「は、晴人くんがそう言ってくれて、本当に嬉しい。そっか……私は、これからも晴人く

んを頼《たよ》りにしていいんだ」

「もちろん。俺が玲衣さんを支えるよ」

「うん！」

玲衣さんは青いサファイアのような瞳に涙《なみだ》を浮かべて、うなずいた。それは悲しくて浮かべた涙じゃなくて、きっと嬉し涙だ。

琴音が慌《あわ》てた様子になる。

「は、晴人先輩の婚約者は私です！　遠見家の正統な後継者候補も私！　お祖父様だって、認めてくれています！　いくら先輩の意思だからって通ると思わないでください」

「通してみせるさ。今はまだ俺と玲衣さんは不適格かもしれない。でも、俺が玲衣さんを支えて、玲衣さんが俺を支えてくれれば、遠見家の後継者になるだけの能力も、意思も手に入れられると思う」

なおも琴音は反論しようとしたが、遠見総一朗はそれを手で制した。

そして、遠見総一朗は俺を見つめる。

「君は玲衣とならこの先も歩んでいけると、約束できるわけだね？」

「はい。ですから、琴音の婚約者ではなく、玲衣さんの婚約者に俺をしてほしいんです」

言ってしまった、と思う。もう引き返せない。

もともとは琴音との婚約を保留にすればよいと思っていた。でも、それではやっぱり不十分だ。

玲衣さんの婚約者になれば、琴音との婚約問題は決着がつく。

もちろん、今度は玲衣さんの婚約者になるわけだけど……。俺はそれでもいいと思っていた。

だって、玲衣さんは俺にとって大事な存在だから。

俺の訴《うった》えを、遠見総一朗は黙って聞いていた。

そして、口を開く。俺も、玲衣さんも、琴音も、緊張《きんちょう》した表情で遠見総一朗の言葉を待った。

「玲衣を晴人君の婚約者とするのは、いまのところはやめておこう」

俺はショックを受けた。玲衣さんはつらそうに目を伏《ふ》せ、琴音は安心したようにほっと息をつく。

この提案も拒否《きょひ》されてしまった。やっぱり、遠見総一朗を説得するのは無理なのだろうか。

だが、遠見総一朗は言葉を続けた。

「同時に、琴音との婚約も白紙に戻そう」

「お、お祖父様⁉」

琴音が素《す》っ頓狂《とんきょう》な甲高《かんだか》い声を上げる。だが、遠見総一朗はそれを気に留めず、俺たちを見回した。

「いまのところ、わしは晴人君と孫娘《まごむすめ》を婚約させて、遠見家の後継者候補としたい。それがわしと、わしの妹である遠子《とおこ》の願いだ。だが、それはあくまで『候補』でもある。遠見家には多くの親族がいて、彼《かれ》らも遠見の当主の座を狙《ねら》っている」

「そうでしょうね」

俺は遠見家の人間たちを思《おも》い浮かべる。玲衣さんと琴音の叔父《おじ》をはじめ、遠見家には多くの人間がまだまだいる。遠見総一朗からの評価は低いとはいえ、彼らだって、遠見家の財産と権勢がほしいだろう。

メイドの渡会さんも、遠見家の親族の意向を受けて、俺たちに探《さぐ》りを入れているようだった。それはこれからの後継者争いに備えた情報収集なのかもしれない。

遠見総一朗はうなずいた。

「玲衣と琴音、いずれが晴人君と婚約しても、遠見家の他の後継者候補と争う必要がある。そしてその先は、遠見家を背負って立つ人間になってもらわなければならない。さて、秋原晴人君。君が私の立場なら、どうすれば玲衣と琴音を競争に耐《た》える人間にできると思う？」

俺は少し考えた。いろいろ方法はあるだろう。

だが、話の流れから考えられるのは一つだ。

「遠見家の当主の立場だったら、玲衣さんと琴音を競争させるのでしょうね。どちらが後継者候補にふさわしいかを示させて、そして、勝った方に――」

「君と婚約させる。そういうことじゃよ」

たしかに、玲衣さんも琴音も俺を手に入れようとして争っている。なら、その争いをそのまま後継者争いの一幕にして、二人を競《きそ》わせればいい。

そうすれば、二人は遠見家の後継者にふさわしくなろうと必死で努力するだろう。

そして、どちらに転んでも、遠見総一朗には何の損もない。遠見総一朗は微笑んでいたが、孫娘を争わせようとするのは俺には理解できなかった。

遠見総一朗にとって孫娘は大事な存在かもしれない。だが、それ以上に、彼にとっては遠見グループを遠見家の人間に無事に受け継がせることが重要なのだろう。

ひどい話だ。だけど、そのおかげで、琴音との婚約は保留になる。

「そして、晴人君が玲衣との婚約を望むなら、玲衣が後継者争いに勝てるようにサポートしてあげなさい。それが君の役割だ」

た。

俺はほっとした。これで当初の目的は果たせた。完全な解決ではないが、ともかく琴音との婚約は保留になり、当然、パーティーで琴音が俺との婚約を発表することもなくなった。


遠見総一朗は、外国ものの超高級《ちょうこうきゅう》そうな腕時計《うでどけい》をちらりと見る。そして「パーティーの挨拶《あいさつ》に立たねばな」と言って、何事もなかったかのように、足早に立ち去った。


だが、玲衣さんと琴音が互いを睨み、バチバチと火花を散らしているのを見て、そんな安心感も吹《ふ》き飛んだ。

「結局、私たちは敵同士になる運命みたいですね、姉さん」

「そうね。わたしは絶対に琴音に、ううん、遠見家に負けないから」

「……昔の姉さんはいつも逃《に》げてばかりだったのに、戦うことにしたんですね」

「だって、今のわたしには晴人くんがいるもの。晴人くんを手に入れるためなら、遠見家の後継者にだってなってみせる！」

「今のところ、後継者にふさわしいのは私だと思いますよ。お祖父様もおっしゃっていました。最後に後継者争いで勝つのも、晴人先輩の心を手に入れるのも、私ですから！」

「でも、晴人くんが婚約者に望んでくれたのは、わたしだもの。遠見家の力を使ったって、わたしの気持ちも晴人くんの気持ちも変えることはできないの」

玲衣さんは自信たっぷりにそう言うと、俺を上目遣《うわめづか》いにちらっと見て、「ね？」と甘《あま》えるように言う。

俺はうなずいた。勢いとはいえ、俺は玲衣さんと婚約すると宣言した。

もちろん、夏帆や雨音さんのことは考えないといけないけど……でも玲衣さんを支えたいという気持ちに嘘はなかった。

琴音は悔《くや》しそうに頬《ほお》を膨《ふく》らませ、玲衣さんを睨みつける。

「そうだとしても、私が後継者の座を死守して、先輩の隣《となり》を歩けるような人間になればいいだけの話です。……遠見家の力なんてなくても、ただの『琴音』として先輩のことを骨《ほね》抜《ぬ》きにしてみせるんですから！　絶対に姉さんに勝ってみせます」

琴音は俺たちを指さして激しい口調で言うと、「私も挨拶で壇上に立たないと……。また後で先輩には会いに行きます！」と言って、俺たちをちらちら振《ふ》り返りながら立ち去ってしまった。

こうして、俺と玲衣さんだけがその場に残された。

嵐《あらし》は過ぎ去った。

ドレス姿の玲衣さんが、俺の隣で立ち去る琴音を眺めていた。そして、急に思いついたように、ふふっと笑う。

「晴人くん、お祖父様《じいさま》にあんな大胆《だいたん》なこと言っちゃって良かったの？」

「そ、それは……」

俺が遠見総一朗に言ったことといえば、「玲衣さんを支えたい」「玲衣さんと婚約したい」「玲衣さんをください」……というようなことで。

わ、我ながらほとんどプロポーズでは？　しかも玲衣さんからは結婚指輪までもらっているし……。

緊張する場面が終わったからか、玲衣さんはすっかり元気だった。

明るい笑顔《えがお》で、くるりと俺の方を振り向いた。その拍子《ひょうし》に白いドレスの裾《すそ》がふわりと揺れ、その下の玲衣さんの白い魅力的な脚《あし》に目を奪《うば》われる。

気づくと、玲衣さんは正面から俺を見つめていた。

「もう一度、さっき言っていた言葉を、今度はわたしに直接言ってほしいな」

「……俺は玲衣さんの力になりたい。今も、この先も。本当にそう思ってる」

「ありがとう、晴人くん。わたしも絶対に晴人くんを離さないから。それに、わたしが後継者争いに勝ったら、晴人くんはわたしの婚約者《こんやくしゃ》になってくれるって言ったものね？」

「そうだね。俺は遠見総一朗に玲衣さんの婚約者になると言った」

「晴人くんがそう言ってくれて、わたし、本当に嬉《うれ》しかったの。もちろん、お祖父様を説得するための手段だってわかってる。でもね、わたしは本気にしちゃうから」

「れ、玲衣さんは俺なんかが婚約者で良いの……？」

「そんなこと、聞かなくても晴人くんだったら、わかっていると思うんだけどな」

そう。もちろん、玲衣さんは俺との婚約を受け入れるだろう。それが玲衣さんの強い希望だと俺もみんなも知っている。

そうなったとき、俺は玲衣さんと結婚して、遠見グループという巨大企業を経営していくことになる。

それは途方《とほう》もないことで、想像もつかない。でも、玲衣さんと一緒なら、そんな未来も楽しめる気がする。

玲衣さんはくすりと笑う。

「晴人くんには、佐々木さんも雨音さんも桜井《さくらい》さんも、それに琴音もいるものね。無理して今すぐ、わたしを選ぶって決めなくてもいいの」

「でも、それじゃ、俺は嘘つきになっちゃうよ」

「いいの。こんな形で、遠見家の事情なんかで、晴人くんに選んでもらうのは、わたしも不本意だから。最後に、ちゃんとわたし自身の力で晴人くんに選んでもらう。そのときは、わたしと結婚してね、晴人くん」

ドレス姿の玲衣さんは頬をほんのりと赤くして、俺を正面から見上げた。

結婚、という言葉に、俺は心臓がどくんと跳《は》ねるのを感じた。今の玲衣さんは純白のドレスを身にまとっていて、それがまるで……ウェディングドレスのようにも見える。

玲衣さんはそっと俺に右手を伸《の》ばし、俺の腕《うで》に手を絡《から》める。

腕を組んだ玲衣さんはぎゅっと俺に密着して……。ドレスの胸元《むなもと》が露出《ろしゅつ》している部分から胸が直接当てられている。

俺がびっくりして玲衣さんを見ると、玲衣さんは幸せそうな笑《え》みを浮かべた。

「れ、玲衣さん……」

「わたしは白いドレスで晴人くんはタキシードだから、こうやって腕を組むと結婚式《けっこんしき》の新《しん》郎《ろう》新婦みたいだと思わない？」

「たしかに、そうかもね。で、でも、くっつきすぎじゃない？」

「大胆なドレスだから大胆なことをしてみようと思ったの。晴人くんに直接、わたしの身体を感じてほしいなって」

「そ、そっか……」

「あ、晴人くん、照れてる……！」

「照れさせるようなことを玲衣さんがするからだよ。それに、こんなところ他の人に見られたら困ったことになるよ……」

「別に平気。わたしは何も困らないよ？　わたしは晴人くんの婚約者になりたいんだもの」

「それは……たしかに、そっか。俺も困らないな」

むしろ、俺と玲衣さんが親密な仲だと、会場の客には見せつけておいた方が良いかもしれない。

俺が玲衣さんを支え、玲衣さんが俺を選ぶ。この先の後継者争いでも、その構図を明確にする必要がある。

遠見総一朗は、妹、つまり俺の祖母との約束で、秋原家の人間を遠見家に取り込《こ》むことにこだわっている。

それなら、玲衣さんが、俺の選んだ相手であると知られれば、琴音よりも優位に立てる。

それは俺と玲衣さんの望みを叶えることにつながる。

今、俺の目は、心は、他の誰《だれ》でもなく、玲衣さんを捉《とら》えて放さなかった。

玲衣さんは甘えるように、ますます俺の腕を強く抱《だ》きしめる。

「だから、このままパーティー会場に戻《もど》ってほしいな」

「え⁉」

「ダメ？　わたしのわがまま、聞いてくれない？」

玲衣さんが上目遣いに俺を見つめる。ドレス姿の最高に美しく、そして可憐《かれん》な玲衣さんに懇願《こんがん》されて、俺が抗《あらが》えるはずもなかった。

「……俺も玲衣さんを見て、ウェディングドレスみたいだなって思ってたんだ」

「へ⁉　は、晴人くんも⁉」

「そうそう。だから、他のみんなにも、そう思わせないとね」

俺が冗談《じょうだん》めかして言うと、玲衣さんはぱっと顔を輝かせた。

その表情はとてもとても嬉しそうだった。

「ありがとう。やっぱり、わたし、晴人くんのことが大好き！」

第八話　メリークリスマス、玲衣さん

chapter.8

こうして琴音《ことね》との婚約騒動《こんやくそうどう》は解決した。

いや、完全な解決とはいえない。

琴音が遠見《とおみ》家の後継者のままなら、やはり俺は琴音と婚約させられることになる。

完全な解決のためには、そもそも俺と遠見総一朗《そういちろう》の孫娘を婚約させて遠見家の後継者にする……という構図そのものを壊《こわ》す必要がある。

それが無理なら、俺が覚悟を決めて玲衣《れい》さんを支え、共に遠見家の後継者候補として戦う道もある。

どちらにしても、困難が伴《ともな》う茨《いばら》の道だ。だけど、差し迫《せま》った危機はなくなった。

その後のパーティーも無事に進んだ。玲衣さんはかなり人と話すのにも慣れて、振《ふ》る舞《ま》いも堂々としていた。ただし、玲衣さんは俺にべったりで、ときどき甘えるように俺に抱きついたりしたけれど……。

俺たちはまるでパートナーのように振る舞っていて、かなり目立ったと思う。

秋原《あきはら》家という力のない分家の息子《むすこ》と、愛人の娘《むすめ》。その組み合わせに向けられる視線は、好意的なものばかりではなかった。

夏帆《かほ》や雨音《あまね》さん、もちろん琴音の嫉妬《しっと》の視線もあったし……。

それでも、俺《おれ》は玲衣さんと一緒《いっしょ》にいられて、楽しかったと思う。

次の日はクリスマスイブ。俺も玲衣さんも浮かれていた。

玲衣さんが遠見家の後継者に名乗りを上げた以上、俺たちは遠見家の屋敷《やしき》の離《はな》れに住み続けることになった。本当は、秋原家のアパートに戻りたかったのだけど。

けれど、これからも一緒にはいられる。それは変わらない

遠見グループの危機も解決されたし、もう玲衣さんの身の安全を気遣《きづか》う必要もない。

だから、十二月二十四日土曜日の夕方に、こっそりと屋敷を抜《ぬ》け出した。夏帆や雨音さんの目を盗《ぬす》んで屋敷の離れを出て行ったので、俺と玲衣さんの二人きりだ。

向かう先は決まってる。アパートだ。

「二人きりのアパートでクリスマスを祝うのって、本当に恋人《こいびと》みたい！」

秋原家のアパートへの坂道を登りながら、玲衣さんは上機嫌《じょうきげん》に言う。

わずかな時間だけど、クリスマスイブを二人きりで祝おうと思ったんだ。俺たちの本来の家であるアパートで。

いつかは、俺と玲衣さんは二人でアパートに戻るのが目標だった。

それはまだ実現できないけれど、ほんのすこしだけ、クリスマスを二人きりで祝うことぐらいは許される。

「それにしても、なんで制服なの？」

俺は玲衣さんに尋《たず》ねる。俺は玲衣さんに言われていつもの学校の制服とコートで来た。

そして、玲衣さん自身もセーラー服姿だった。コートは羽織っているけれど、休日なのにまるで学校帰りみたいだ。

玲衣さんはふふっと笑った。玲衣さんの首元の赤いマフラーが、軽く揺れる。

「最初に晴人《はると》くんの家に来たとき、わたしは制服姿だったでしょう？　男たちに襲《おそ》われそうになって晴人くんに助けてもらったときも、制服。怪我《けが》の手当をしてもらったのも制服だったし、最初のデートも制服だったもの」

「だから、制服ってこと？」

「そう。晴人くんと最初に会った頃《ころ》、幸せだったから。ううん、今も幸せなんだけどね」

玲衣さんは優《やさ》しい笑みを浮かべて、そんなふうに言う。

たしかに、最初の頃、玲衣さんは着の身着のままやってきたから、いつも制服姿だった。

だから、戸惑う玲衣さんも、楽しそうな玲衣さんも、甘える玲衣さんも、俺のアパートにいたときは制服姿の印象が強い。

それにしても、風が冷たい。この街の冬の夜はかなり冷《ひ》え込む。まだ夕方なのに、特に今日はひどい。コートしか羽織っていないので、もっとちゃんと防寒具を身に着けてくるんだったと後悔《こうかい》する。

俺がぶるっと震《ふる》えるのを見て、玲衣さんはくすっと笑う。

「わたしのマフラー貸してあげる」

「大丈夫《だいじょうぶ》だよ。玲衣さんに寒い思いをさせるわけにはいかないし」

「わたしは平気だから」

「でも……」

「遠慮《えんりょ》しないで」

玲衣さんは赤いマフラーを外すと、ちょっと強引《ごういん》に俺の首元にそのマフラーを巻いた。

マフラーには、玲衣さんの体温が残っていて、少しドキドキする。

「晴人くん……暖かい？」

「とても暖かいよ」

「良かった」

玲衣さんは楽しそうな表情で、俺を見つめる。

「わたしが凍《こご》えていたとき、晴人くんは暖めてくれたよね」

「最初に会った日は、玲衣さんはコートも着ないでうちに来たものね」

「そうそう。そのせいで風邪《かぜ》を引いて、迷惑《めいわく》をかけちゃった。ごめんなさい」

「いいよ。まったく気にしてない」

あのとき風邪を引いた玲衣さんを看病したことで、玲衣さんは俺に心を開いてくれた気がする。

それも大事な思い出の一つになった。

俺と玲衣さんは、ふたたび並んで歩き出す。

「初めて玲衣さんがうちに来た日から、まだ三週間しか経《た》ってない。なのに、もう大昔のことみたいだ」

「わたしも同じ。わたしがそう思えるぐらい、晴人くんはわたしにたくさん大事な思い出をくれたんだよ。わたしも晴人くんにとっての思い出になっていれば、いいなって思うの」

俺は返事をしようとして、思い直した。

代わりに、そっと手を伸ばし、玲衣と手をつなぐ。

玲衣さんはびくっと震え、それから嬉しそうに隣の俺を見つめた。

「晴人くんから手をつないでくれるなんて、ちょっとドキッとしちゃった」

「なんとなく手をつなぎたくなったんだよ。玲衣さんは、俺にも大事なものをたくさんくれたよ」

少し前の俺は、自分を無色透明《むしょくとうめい》で、無価値な存在だと思っていた。夏帆にも振られて、教室でも目立たなくて、取《と》り柄《え》もなくて……。

でも、玲衣さんは俺を頼りにしてくれた。俺を肯定《こうてい》してくれた。

今でも、俺には何もないかもしれない。でも、玲衣さんと一緒に変わっていける。そんな気がした。

「そっか。ありがとう」

玲衣さんは短く言うと、両手を顔の前に持っていき、息を吹きかける。

寒さを紛《まぎ》らわすためではなく、顔が赤いのを隠《かく》そうとしたんだろう。

でも、玲衣さんの小さな手では隠しきれていない。その横顔の白い頬が、ほんのりと赤く染まっているのが見えてしまう。

ふと目の前に、白いものが舞い落ちる。俺と玲衣さんは揃《そろ》って黄昏《たそがれ》色の空を見上げた。

「雪……か」

俺はつぶやいた。一方、玲衣さんはぱっと顔を輝かせる。

「晴人くん……ホワイトクリスマスだね！」

「本当に……すごい偶然《ぐうぜん》だ」

アパートへ向かう坂には、何もない。この街はごくごく普通《ふつう》の地方都市だ。

でも、今、この瞬間《しゅんかん》の景色は美しく感じられた。アスファルトの道路も、夕日の輝く空も、舞い落ちる粉雪も、道行く人々も……。

一軒家《いっけんや》の軒先《のきさき》には、たまにクリスマス用の小さなイルミネーションが飾《かざ》られている。クリスマスらしい装飾《そうしょく》なんて、それぐらいだ。

それでも、玲衣さんと並んで歩くホワイトクリスマスは、とても素敵《すてき》なものに思えた。

「来年も一緒にクリスマスを過ごせるといいね」

「そうだね。でも、気が早いよ。来年のクリスマスまでには楽しいことがたくさんあるはずだから」

「冬休みも、大晦日《おおみそか》も元旦《がんたん》も、これからだものね」

「それに、玲衣さんの誕生日もある。誕生日パーティーもしよう」

一月の十一日が玲衣さんの誕生日だ。その日は、必ずお祝いをしようと決めていた。ずっと孤独《こどく》だった玲衣さんは、今は俺を家族だと思ってくれている。

そして、家族の誕生日を祝わないわけがない。

玲衣さんも嬉しそうにうなずく。

「わたし、一度も誕生日を祝ってもらったことなんてなかったから……すごく楽しみ！」

「楽しんでもらえるように頑張《がんば》るよ」

「頑張らなくてもいいのに。晴人くんがお祝いしてくれるってだけで、とっても嬉しいもの」

「なら、もっと嬉しいと思ってもらえるようにしないとね」

　俺が冗談めかして言うと、玲衣さんは「もうっ。晴人くんったら」と言って、くすくす笑い出してしまった。

　楽しみではあるけれど、来年のことを言うと鬼《おに》も笑う。

　今は二人きりのクリスマスパーティーのことだけ考えよう。

　途中《とちゅう》で洋菓子《ようがし》店に寄って、高いものではないけれど、クリスマスケーキも買った。スーパーで飲み物とかの買い出しも済ませた。あとは宅配でフライドチキンを頼《たの》むという具合だ。

　なにせ遠見家の屋敷に引《ひ》っ越《こ》したおかげで、父さんからもらった生活費がそこそこ余っている。

　大金というほどでもないが、父さんは自由に使っていいと言ってくれている。単身赴任《ふにん》で俺を一人暮らしにさせた引け目からか、父さんは俺に甘い。

なので、そのお金でちょっぴり贅沢《ぜいたく》することにしたのだ。

俺たちは両手に荷物を増やして歩き、しばらくしてアパートにたどり着く。築三十年のアパートのいつもと変わらない様子に、俺はなぜかほっとする。

玲衣さんも同じだったようで、扉《とびら》を開けると、「お屋敷よりも、こっちの方が落ち着くね」と笑った。

「そうだね。……おかえり、玲衣さん」

玲衣さんが目を大きく見開き、そして、花の咲《さ》くような素敵な笑顔を浮かべた。

「ただいま、晴人くん。ここはもう、わたしの家なんだものね？」

「もちろん。表札も秋原晴人と水琴《みこと》玲衣に変えておこうか」

冗談で言うと、玲衣さんはくすりと笑って首を横に振った。

「表札は、秋原晴人と秋原玲衣にしておいてほしいな」

玲衣さんの返しに、俺は自分の頬が熱くなるのを感じた。

同じ苗字《みょうじ》、ということは結婚《けっこん》しているということで……。玲衣さんはそんなことまで具体的に思い描《えが》いてくれているんだな、と思う。

あっ、と玲衣さんはぽんと手を打つ。

「でも、晴人くんとわたしが遠見家の後継者になるなら、わたしがお祖父様の養子になって、晴人くんが婿入《むこい》りするんだ」

「そうしたら、遠見玲衣と遠見晴人だね」

「なんだか変な感じ。でも、それも悪くないかも」

互《たが》いにくすくす笑うと、俺たちはパーティーの準備を始める。まずは、買ってきたものを冷蔵庫にしまう。ケーキは最後に食べるし、飲み物も冷やしておこう。ついでに寒い部屋に暖房《だんぼう》も入れる。

準備ができると、俺と玲衣さんは向かい合って食卓《しょくたく》についた。

とりあえず、最初は乾杯《かんぱい》。シャンパン風のぶどうジュースも買ってきた。

玲衣さんが俺のグラスに、瓶《びん》からジュースを注いでくれる。

「ありがと」

今度は俺が玲衣さんのグラスにジュースを注ぐ。

ジュースは見た目もきれいで透《す》き通った黄金色《こがねいろ》だ。まるで本物のシャンパンのように、泡《あわ》が立つところが面白《おもしろ》い。

玲衣さんがぽんと手を打つ。

「やってみたかったことがあるの」

玲衣さんはそう言うと、小さな白い円形のものを取り出した。それは……キャンドルだった。

正確にはキャンドルライトの形をした電池式の照明のようだ。玲衣さんはそのキャンドルをいくつも食卓に並べる。

そして、窓をカーテンで閉めて、部屋の蛍光灯《けいこうとう》の明かりを落とした。

すると、キャンドルライトのみが、食卓をほのかに照らした。

「すごい……」

俺は驚《おどろ》いた。ただの普段《ふだん》のアパートがお洒落《しゃれ》で幻想的《げんそうてき》な空間になっている
玲衣さんは、俺の反応を見て、得意げな笑みを浮かべる。

「気に入ってもらえて良かった。やっぱり、雰囲気《ふんいき》が大事だよね。ね、乾杯しよう?」

「そ、そうだね」

俺と玲衣さんはグラスをこつんと合わせ、そしてグラスに口をつける。ノンアルコールとはいえ……かなり渋《しぶ》めで刺激的《しげきてき》なぶどうジュースだ。

本物のお酒の味を再現しているからなんだろうか? いや、お酒を飲んだことはないけど、なんか違和感《いわかん》があるな……。

でも、玲衣さんは気にせず一気に飲み干してしまった。

「美味《おい》しいね」

「う、うん……」

「ね、晴人くん。もう少しほしいな」

俺は玲衣さんのグラスに、ぶどうジュースを注ぐ。

玲衣さんは「ありがとう」と言うと、ふたたび口をつけた。

それからグラスを置いて、キャンドルライトが照らす狭《せま》い部屋をぐるりと見回し、そして、満足そうな表情を浮《う》かべる。

「本当に……二人きりのクリスマスだね」

「メリークリスマス、玲衣さん」

玲衣さんは幸せそうに微笑《ほほえ》み、うなずいた。

「メリークリスマス、晴人くん。わたし、やっぱりこの家が……わたしと晴人くんの家が好き。お屋敷でなくてもいいの。こういう部屋で晴人くんと二人きりで……新婚《しんこん》生活、送ってみたいな」

「け、結婚できるのは十八歳《さい》になってからだけどね」

俺は玲衣さんの言葉に動揺《どうよう》して、つい照れ隠しにそんなことを言ってしまう。玲衣さんはおかしそうに笑う。

「十八歳なんてあっという間だよ。あと二年後だもの」

「たしかにそれもそうか……高校を卒業する頃には二人とも十八歳だからね」

「だから、高校を卒業する頃までには、わたしが遠見家の後継者《こうけいしゃ》になって、晴人くんと婚《こん》約《やく》する。そして、晴人くんの心も手に入れてしまうの。そうすれば、十八歳で結婚できるよね？」

「い、いや、そこまで焦《あせ》らなくてもいいんじゃないかな……」

「わたし、焦ってるよ。大好きな人がいるから、初めて一緒にいたいと思えた人がいるから、わたしはその人のことを離したくないの」

玲衣さんは静かに言うと、突然《とつぜん》、椅子《いす》から立ち上がった。そして食卓から身を乗り出し、グラス越《ご》しに……俺の唇《くちびる》を奪った。

不意打ちだった。キスされるのは久しぶり……観覧車でデートしたとき以来だ。

だからなのか、玲衣さんのキスは情熱的で、まるで俺のすべてが玲衣さんのものだと主張するかのような激しさがあった。

その甘い香《かお》りと感触《かんしょく》に、俺はくらりとする。

やがてキスを終えると、玲衣さんは真っ赤な顔で言う。

「わたしは晴人くんのことが大好きなの」

「ありがとう……玲衣さん。俺も……」

こんなに美しくて、魅力的《みりょくてき》で、優しい少女に「大好き」と言われるなんて、俺は幸せだと思う。

俺も玲衣さんの思いに応《こた》えたい、と強く思う。

俺は立ち上がり、今度は自分から玲衣さんにキスしようとする。

ところが、椅子から立つと、妙《みょう》な浮《ふ》遊《ゆう》感があった。おかしい。

違和感が強くなる。

見ると、玲衣さんも顔が真っ赤……ただ恥《は》じらっているだけにしては、赤すぎる！

俺は慌ててジュースの瓶を見た。それは、俺が買ったノンアルのジュースではなく、アルコール分11％の本物のシャンパン……スパークリングワインだった。

しまった。たぶんこれは雨音さんが帰ってきたときに、冷蔵庫に置いておいたんだ。お土産《みやげ》かなにかなのかもしれない。

そして、それをうっかり玲衣さんが勘違《かんちが》いして持ってきてしまった。買い出しした荷物を整理しているときに混ざったのだろう。

玲衣さんの青い目はとろんとしていて……妖《あや》しく光っていた。

だ、ダメだ。俺はともかく、玲衣さんは完全に酔《よ》っ払《ぱら》ってしまっている。

一杯《ぱい》目をぐいっと飲み干したし、普段は当然飲み慣れていないお酒なわけだし……。

玲衣さんが宝石のような美しい瞳《ひとみ》を爛々《らんらん》と輝《かがや》かせ、食卓の反対側、つまり俺の方へとやってくる。

そして、玲衣さんは正面に立って俺を見下ろした。

「れ、玲衣さん……こ、これ、お酒だったみたいだけど、大丈夫？」

「お酒？　わたしは全然平気！　なんだかとっても気持ちいいけど」

「たぶん、それは酔ってる……わ、わわっ」

突然、玲衣さんが俺に抱きつく。そして、甘えるように俺に頬ずりした。

「晴人くん、慌《あわ》てていてすごく可愛《かわい》い……！」

「ちょ、ちょっと待って。玲衣さん！　落ち着こう、いろいろ当たってる……！」

玲衣さんの身体の柔《やわ》らかい部分が遠慮なしに俺の身体に押《お》し当てられている。座《すわ》っている俺に、玲衣さんは完全にその軽い体重を任せていた。

そして、玲衣さんは俺の頬をぺろぺろと舌でなめたり、大きな胸を上下に俺にこすりつけたりしている。

玲衣さんはふふっと妖艶《ようえん》に笑った。

「わざとやってるんだよ？」

「それはもっとダメな気がする……」

「それにしても、この部屋、暑いよね」

「全然、そんなことないと思うけど」

まだ暖房が十分に効いていないのか、かなり寒い。

なのに、玲衣さんは暑いという。それはお酒のせいだと思う……！

玲衣さんがセーラー服の上着を脱《ぬ》ごうとするので、俺は慌てて止めた。

不満そうな顔を玲衣さんはする。

「なんで止めるの？」

「いや、普通は止めると思うけど……暑いなら暖房は切るから」

「わたしの下着姿も見たことあるのに、いまさら恥ずかしがるの？」

言われてみれば、風邪を引いていたとき、俺が身体を拭《ふ》くために玲衣さんは下着姿を見せた。

それに、一緒にお風呂《ふろ》に入ったときは、裸《はだか》にバスタオル一枚という格好だった。

だから、セーラー服の上着を脱ぐぐらい大したことじゃない……わけがない。状況《じようきよう》が違《ちが》いすぎる。

玲衣さんはお酒のせいで羞恥心皆無《しゆうちしんかいむ》になっているし、俺が止めないといけない。

「だいたい、セーラー服の下ってキャミソールとか着ているの……？」

「晴人くんはどう思う？」

いたずらっぽく玲衣さんは微笑む。

明言はしていないけれど、たぶん、下着しか着けていないんだろう。

酔っ払いの玲衣さんに、下着姿で迫られたら、俺も冷静でいられるかわからない。

だ、断固として止めないと……。

ところが、玲衣さんがさらにとんでもないことを言い出す。

「わたしは今、ここで結婚してもいいのに」

「へ⁉」

「そういうつもりで、わたしはここに来たんだよ？」

今、ここでできる結婚……。一瞬《いっしゅん》で、俺はいかがわしいことを想像した。

ぶんぶんと俺は首を横に振る。

「れ、玲衣さん……それはダメだ！　だって、俺たちはまだ高校生で……」

「ただ結婚指輪をはめるだけなのに？」

「結婚指輪？」

玲衣さんはセーラー服から、銀色の指輪を取り出した。それは玲衣さんの両親の結婚指輪だ。

大事な形見だけれど、俺が片方は預かっている。

「晴人くんも、今、持ってる？」

「うん」

俺はポケットから、その指輪を取り出して、手のひらに載《の》せて示す。

玲衣さんに「二人きりのときは持っていてほしい」と言われていたから、今日も持ってきたのだ。

玲衣さんは満足そうにうなずくと、俺の手のひらの上の指輪を取る。

そして、ふふっと恥ずかしそうに笑った。

「晴人くん、エッチなことを想像したんだ？」

「わ、悪かったね。流れ的に、そういうことを想像しちゃうよ……」

「わたしはそういうことをされても……いいかも」

「えっ」

「い、今のは忘れて」

玲衣さんは早口で言い、目を伏《ふ》せる。

お酒に酔っていても、恥ずかしいこともあるらしい。

ともかく、玲衣さんは結婚指輪を、俺の左手の薬指に強引にはめようとした。

今、ここでできる結婚。

なるほど、と思う。

俺がこの指輪を受け入れて、本当に身につけるようになれば……。それは玲衣さんを選んだのと、同じことだと思う。

だからこそ、俺は軽率《けいそつ》にその指輪をはめることはできなかった。最初に渡《わた》されたときも、俺はそれを預かっただけだった。

でも、今は玲衣さんの手を、俺は止めることができなかった。このままだと……玲衣さんの想《おも》いのすべてを受け入れてしまいそうだ。

けれど、玲衣さんはもちろん、俺もアルコールのせいで正常な判断ができていない。

こんなときに、そんな大事な決断はできなかった。

俺がそう言うと、玲衣さんは小首をかしげる。

「わたし、変？」

「いつもの玲衣さんとは雰囲気が違うよ」

「そうかな。……お酒を間違《まちが》って取っちゃうなんて、わたしもドジだよね」

「たまにはそういうこともあるよ」

「ううん。わたしって、みんなが思ってるほど、完璧《かんぺき》じゃないの。晴人くんはよく知っていると思うけど……」

たしかに玲衣さんは学校では完璧超人《かんぺきちょうじん》だと思われていた。でも、一緒に暮らしてみて、玲衣さんが意外と抜けていたり、辛《から》いものが食べられなかったり、人付き合いが苦手だったり……といろんな弱点があることを知った。

でも、俺はそういう弱点を含《ふく》めて、玲衣さんはとてもとても魅力的だと思う。俺にしか見せてくれない、玲衣さんの可愛らしい姿や、甘《あま》えたがりな一面が、俺は好きだった。

玲衣さんはふわりと優しく微笑む。

「晴人くんは、そんな弱いわたしでも受け入れてくれた。だから、わたしは晴人くんのことが好き。晴人くんにいっぱい甘やかされたせいで、わたしはもっとポンコツになっちゃった」

「お、俺のせい……かな？」

「そうだよ。でも、わたしはそんな晴人くんの優しさが好き。甘やかしてくれる晴人くんが大好き。だから、わたしを甘やかしすぎた責任、とってくれる？」

玲衣さんはそう言うと、俺の薬指をそっと包み、そして指輪をはめようとした。アルコールのせいで、思考がまとまらない。

俺も……玲衣さんのことが好きだ。

だから、このまま指輪をはめ終わったら、俺も玲衣さんに告白しよう。

俺はそう決意した。

玲衣さんがこれまでよりもずっと甘い声で、俺の名前を呼ぶ。

「晴人くん……」

いよいよ銀色の指輪が俺の薬指に通され——。

そこで、玄関《げんかん》のインターホンが鳴る。玲衣さんはぴたりと動きを止めてしまった。

そして、玲衣さんはとてもとてもご機《き》嫌《げん》斜《なな》めな表情になって、頬《ほお》を膨《ふく》らませる。そんな表情も子供っぽくて可愛いのだけれど。

「た、タイミングが悪い……！　あと少しだったのに」

「仕方ないよ。たぶんピザとフライドチキンの宅配だから、受け取らなくちゃ」

俺は立ち上がって、玄関へ向かう。

少し冷静になった。考えてみると、結婚指輪をはめるのは、本当に結婚するときの方が思い出に残るのでは……？

そんなことを思いながら、玄関の扉を開ける。

玄関の向こうには、日の落ちかけた夕空が広がり、冬の冷たい風が吹《ふ》き込んでくる。

そして、アパートの廊下《ろうか》に立っていた美人女性と美少女を見て、俺は腰《こし》を抜かしそうになった。

「あ、雨音さん⁉　それに、夏帆も……！」

雨音さんも夏帆もばっちり決まった私服で、かなりお洒落だった。

雨音さんは珍《めずら》しく紺《こん》のロングスカートに白いブラウスという清楚《せいそ》な格好だ。それでもスタイル抜群《ばつぐん》な雨音さんにはそういう服も似合う。

夏帆は赤いセーターにすらりとした細身のパンツを合わせている。普段よりぐっと大人びた雰囲気だった。

そして、二人の美女・美少女は、揃ってジト目で俺を睨《にら》んでいた。

「晴人君……」「晴人……」

二人とも怒《おこ》っている。理由はわかっていて、二人に黙《だま》って、玲衣さんと一緒に抜け出したからだ。

「どうしてここが……？」

「晴人君と水琴さんが二人で行く場所なんて、簡単に予想がつくわ」

雨音さんは肩《かた》をすくめて、くすりと笑う。失敗したな、と思う。アパートにこだわらない方が良かったかもしれない。

いつのまにか、玲衣さんも玄関までやってきていて、気まずそうに目を泳がせている。

「水琴さん、抜け駆《が》け禁止なんだからね？」

「そうそう。晴人君の家族の私が、二人を監視《かんし》しなくちゃ」

夏帆と雨音さんが口々に言う。要するに、二人きりでパーティーなんて許さない。そういうことらしい。

もともと玲衣さん、夏帆、雨音さんは時間を決めて俺を共有していたし、玲衣さんだけが俺とクリスマスパーティーを行えば、まあ、抜け駆けとして非難されるのはわかる……。

二人きりでクリスマスパーティーを行うという計画が、これで台無しだ。

でも、不思議と玲衣さんの表情は明るかった。俺をちらりと見ると、「仕方ないね」というように微笑む。

玲衣さんはまだちょっとふらついていたけど、だいぶ酔いが醒《さ》めてきたらしい。しかも、けっこう上機嫌だ。

そして、玲衣さんは雨音さんと夏帆に向き合った。

「雨音さんたちも、パーティー、参加しませんか？　きっと四人でパーティーすれば、楽しいと思うんです」

雨音さんと夏帆は顔を見合わせた。そして夏帆が笑顔《えがお》で「それも楽しそう」と言い、雨音さんも「みんなで祝うのも悪くないかもね」とうなずいてくれた。

こうして、二人を部屋に招き入れ、俺たちは四人でクリスマスパーティーを開くことになった。

雨音さんと夏帆の二人は、キャンドルを見てはしゃいだり、追加で頼むピザを選んでいだりしている(酒瓶《さかびん》はこっそり片付けた)。

その隙《すき》に、俺はそっと玲衣さんに耳打ちする。

「玲衣さん、ごめん。二人きりにならなくて……」

「いいの。これはこれで楽しそうだもの。わたし、友達みんなでクリスマスパーティーしたことってないし、楽しみかも」

「そっか」

「わたしは、雨音さんも佐々木《ささき》さんもけっこう好きなの。だって、晴人くんの従姉《いとこ》と幼馴《おさな》染《じみ》だものね」

「な、なるほど……」

逆に雨音さんや夏帆は、玲衣さんのことをどう思っているだろう？　二人とも、玲衣さんのせいで、居場所を奪《うば》われたと思っていてもおかしくない。

けれど、いざみんなで食卓につくと、雨音さんや夏帆も楽しそうで、玲衣さんもリラックスして二人と話していた。

しばらく共同生活を送っていたし、三人もけっこう仲良くなったのかもしれない。

逆に、俺は男一人で少し浮いているかも……。

俺の隣《となり》に玲衣さん、向かい側に夏帆、その隣に雨音さん……という並びだ。なんだか、四人でこの部屋に暮らしていた日に戻《もど》ったみたいだ。

「晴人、ハーレムだね」

なんて夏帆がからかうように言う。

た、たしかに、学校一の美少女たちや、年上の美人女性みんなに好かれているなんて、ちょっと前なら思いもしなかった。

気づくと、雨音さんは俺を優しく見つめていた。「本当に晴人君も……成長したよねと感慨深《かんがいぶか》そうにつぶやく。

夏帆がちらっと雨音さんを見る。

「雨音さん、大人の余裕《よゆう》を見せてますけど、晴人のことが好きなんだよね？」

「そうね。私も晴人君のことが大好き」

雨音さんは、ふふっと笑って、そう言う。

夏帆が「あたしも負けてられないよね」とつぶやく。

そんな二人を、玲衣さんはくすくす笑いながら眺《なが》めていた。

「でも、晴人くんと婚約するのは、わたしなんだもの」

玲衣さんはそんなことをつぶやく。そういえば、雨音さんと夏帆は、玲衣さんが俺と婚約するかもしれないことを、どう思っているのだろう？

昨日のパーティーの顛末《てんまつ》は話したけれど、二人とも意外と動揺していなかった。俺が言うのも変だけれど、玲衣さんと比べて、二人は「秋原晴人争奪戦《そうだつせん》」で不利な立場になったはずだ。

雨音さんと夏帆は顔を見合わせる。そして、二人ともなんともいえない笑《え》みを浮かべた。なにか企《たくら》んでいる……。

雨音さんがピザを食べる手を止めて、言う。

「晴人君と水琴さんが遠見家の後継者になるつもりなら、私が全力で止めてあげる」

「えっ？」

「二人が大人になる前に、私が遠見家を倒《たお》すの。そうすれば、晴人君が遠見家の後継者になる必要もないし、水琴さんも遠見家から解放されるでしょう？」

「それは……そうだけど。でも、どうやって？」

「いろいろ手段はあるわ。外資系企業《きぎょう》と組んで遠見グループの株を買収したりとかね」

遠見グループは同族企業だけれど、同時に上場企業でもあって、株の大部分は市場で取引されている。雨音さんは外国のファンドと組んで敵対的買収を仕掛《しか》ける……という計画を流れるように説明した。途方《とほう》もないことのように思えて、実現可能性があるらしい。

「私は遠見家を許すつもりはないの。あの火災の原因を作った遠見家を解体して、新しくこの街を支配するのは、秋原雨音……私ってわけ！」

「さ、さすが雨音さん……」

「もちろん晴人君も、ずっと私のものにするわ」

雨音さんは自信たっぷりに言う。玲衣さんは「ま、負けないもの……」とつぶやく。

一方、夏帆はふふっと笑っていた。夏帆はどうするつもりなのだろう？

「あたしも考えがあるの」

「か、考え……？」

雨音さんのような壮大《そうだい》な計画があるんだろうか？　でも、それは違った。

「晴人はあたしのことを最初に好きになったんだよね」

「それは……そうだね」

「だからきっと晴人の本当の一番は、あたしなんだよ」

「へ？」

「水琴さんのことなんてどうでも良くなるぐらい、晴人をメロメロにしてしまえばいいよね？」

「で、でも、遠見家の問題が……」

「婚約をナシにする方法を探せば、きっと見つかるよ！　もしダメだったら水琴さんが晴人の二番目の奥《おく》さんで、あたしが本物の奥さんってことで！」

夏帆はそんなとんでもないことを口走る。冗談《じょうだん》かと思ったけど、目が本気だった。

夏帆はくすりと笑う。

「あたしはどんな手段を使っても晴人のことを手に入れたいの。お母さんだって、今でも晴人のお父さんのことを諦《あきら》めていないんだから」

「そ、そうなの？」

「うん。だから、お母さんと和弥《かずや》おじさんが再婚《さいこん》したら、あたしたち、本当に姉弟《してい》だね」

夏帆は楽しそうに言う。夏帆の母の秋穂《あきほ》さんと、俺《おれ》の父の和弥は幼馴染だ。その関係は、俺と夏帆の関係によく似ている。

そして、考えてみると、今や秋穂さんと父さんが再婚する際の障害は何もない。

「お母さんと同じで、あたしも絶対に諦めたりしない。……最後に勝つのは、幼馴染で、晴人を一番理解しているあたしなんだから！」

夏帆は目をきらきらと輝かせ、そして切なそうに言う。

予想外の事態に俺は呆然《ぼうぜん》とする。俺と玲衣さんの前には、遠見家の問題があるだけじゃない。雨音さんも夏帆も、そしてきっとユキも琴音も、それぞれの意思で俺たちの前に立ちはだかろうとしている。

ちらりと玲衣さんを見ると、意外にも玲衣さんはショックを受けていなかった。

代わりに、その青く美しい瞳が、強い意志の光でめらめらと燃えていた。

「雨音さんにも、佐々木さんにも、もちろん琴音たちにも……絶対に負けません。だって、わたしたち、さっき結婚したんです」

さらりと玲衣さんが爆弾《ばくだん》発言をする。夏帆と雨音さんがきょとんとして、それから二人は大慌《おおあわ》てで「結婚!?」「何したの!?」と玲衣さんに詰《つ》め寄る。

実際には、結婚指輪をはめようとしただけなんだけれど……。しかも、それも未遂《みすい》に終わった。

でも、心の中で玲衣さんと結婚したつもりになりかけたのも確かだ。

玲衣さん――俺の大事な人をちらっと見ると、玲衣さんはいたずらっぽく片目をつぶる。

その表情はとても可愛く美しくて……女神《めがみ》のようだった。

「晴人くんの心は、わたしのものだって知っているものね」

玲衣さんは幸せそうに、そんな言葉を甘い声でささやいた。

あとがき

こんにちは。軽井広です。三巻！　クリスマスです。わーい！

書籍のあとがきを書くのも実は九回目（コミカライズいただいているコミックスのあとがきも含めれば十二回目）なので、あとがき書くのも慣れてきましたね……！

まず宣伝ですが、『クールな女神様と一緒に住んだら、甘やかしすぎてポンコツにしてしまった件について』はコミカライズの予定があります。同時に、他にも私の作品の書籍・コミカライズが出ている or 出る予定なので読んでいただけると嬉しいです。

同じジャンルのラブコメだと『北欧美少女のクラスメイトが、婚約者になったらデレの甘々になってしまった件について』という同棲ラブコメが他社様で書籍化されます。

玲衣がスウェーデン系の銀髪美少女なのに対し、こちらの作品のメインヒロインはフィンランド系金髪美少女です。人懐っこい美少女とひょんなことから婚約して、同棲して一緒にお風呂に入る……という話です。『クールな女神様』をお読みの方は気に入っていただけると思いますので、ぜひぜひ！

その他、銀髪（！）美少女のお姫様を教え導くファンタジー『追放された万能魔法剣士は、皇女殿下の師匠となる』のコミカライズ（連載中）や、その他に新規に『気弱な令嬢と追放殿下のイチャイチャ領地経営！』のコミカライズなども予定されているので、よろしければチェックください。あと「小説家になろう」様や「カクヨム」様で警察ものなどのラブコメをいろいろ書いていますので、そちらも気軽にお読みくださいね！

さて、三巻の内容ですが、前半は従姉の雨音とのエピソード、後半はラブコメには欠かせないクリスマス回です。従姉の雨音は、（私の大好きな）頭の良い年上美人キャラです。他の作品でも、天才魔術師の美人師匠とか優秀な美人秘書とか、登場させがち……！

ちなみに、大昔の私は、「小説家になろう」様でまったく読まれない青春ミステリもどきを書いてましして（今でも読めますのでご興味のある方はぜひ！）、『クールな女神様』もその流れで最初はミステリの予定でした。

「地方都市の名家・遠見家。莫大な財産と暗い因習を抱えるこの家の屋敷に親族たちが集まった。だが陰険な当主の老人や親族の少女たちが次々と殺される。分家の少年・秋原晴人とその従姉の天才女子大生・雨音は連続殺人の謎を解くことはできるのか⁉」

——みたいな話で、その話に同棲ラブコメをくっつけた形になります。なので、もともと雨音がメインヒロインのような立ち位置だったのですね。そのうち、こんな感じのミステリ、本当に書きたいですね……！

後半のクリスマスでは、名家が開くパーティーが主な舞台になっています。私は女性主人公の異世界恋愛ものを書くことも多く、令嬢が主人公だとドレスでパーティーに参加……という話が多いので、そこから思いついて書いています。男女でダンスもさせようかと思ったのですが、日本だとさすがに現実感ないな、と思いとどまりました……。しかし、晴人は勉強以外のすべてを（家事も喧嘩も人付き合いも）器用にこなすので、きっとダンスも卒なくできてしまうような気もします。高校生時代の私自身は、逆に勉強だけは得意で、それ以外は何一つできない不器用な人間だったので、晴人には私の憧れが詰まっているんだなと気づきました。

さて、最後になりましたが、謝辞になります。今回も玲衣たちを可愛く描いていただいた黒兎ゆう先生、誠にありがとうございました。特にドレス姿の玲衣がすごく可愛いですね！　編集のA様も三巻も改稿に関する打ち合わせをはじめ諸々ありがとうございました。もともとは同人誌ノリのエロに走りがちな原稿だったので、諸々ご指摘いただき大変助かりました！　様々な形で書籍に関わっていただいた方々にもとてももとても感謝しています。

そして、続けて読んでくださっている読者の皆様、誠にありがとうございます！　よろしければぜひSNS等で気軽に感想をつぶやいていただけると嬉しいです。宣伝にもなってとても助かりまし、単純に私が嬉しいので……！　コミカライズも始まるので、そちらもよろしくお願いします！　とても素敵なネームも拝見しているので、私も連載が始まるのが楽しみです……！

では、またどこかで！

HJ文庫 https://firecross.jp/
1069

クールな女神様と一緒に住んだら、甘やかしすぎてポンコツにしてしまった件について3

2023年3月1日　初版発行

著者――軽井 広

発行者―松下大介
発行所―株式会社ホビージャパン

〒151-0053
東京都渋谷区代々木2-15-8
電話　03(5304)7604（編集）
　　　03(5304)9112（営業）

印刷所――大日本印刷株式会社

装丁――AFTERGLOW／株式会社エストール

ISBN978-4-7986-3097-7　C0193

ファンレター、作品のご感想お待ちしております

〒151－0053　東京都渋谷区代々木2－15－8
(株)ホビージャパン HJ文庫編集部 気付
軽井 広 先生／黒兎ゆう 先生

実はぐうたらなお嬢様と平凡男子の主従を越える系ラブコメ!?

才女のお世話

高嶺の花だらけな名門校で、学院一のお嬢様（生活能力皆無）を陰ながらお世話することになりました

著者／坂石遊作　イラスト／みわべさくら

此花雛子は才色兼備で頼れる完璧お嬢様。そんな彼女のお世話係を何故か普通の男子高校生・友成伊月がすることに。しかし、雛子の正体は生活能力皆無のぐうたら娘で、二人の時は伊月に全力で甘えてきて——ギャップ可愛いお嬢様と平凡男子のお世話から始まる甘々ラブコメ!!

シリーズ既刊好評発売中

才女のお世話 1～4

最新巻　才女のお世話 5

HJ文庫毎月1日発売　発行：株式会社ホビージャパン